टेढ़ी-मेढ़ी कहानियाँ

लघु कथा संग्रह

ਭਿੰਨ-ਭਿੰਨ ਵਿਸ਼ੇਸ਼ਣ

टेढ़ी-मेढ़ी

कहानियाँ

लघु कथा संग्रह

पुरूषार्थ झिंगन

(आर.जे. पुरु)

Sarvatra

An imprint of Manjul Publishing House

Sarvatra
An imprint of Manjul Publishing House

◆ द्वितीय तल, उषा प्रीत कॉम्प्लेक्स,
42 मालवीय नगर, भोपाल-462 003
◆ सी-16, सेक्टर 3, नोएडा, उत्तर प्रदेश, 201301
वेबसाइट : www.manjulindia.com

यह संस्करण 2025 में पहली बार प्रकाशित
द्वितीय आवृत्ति 2025

टेढ़ी-मेढ़ी कहानियाँ

ISBN 978-93-5543-916-1

पुरूषार्थ झिंगन (आर.जे. पुरु) इस पुस्तक के
लेखक होने की नैतिक ज़िम्मेदारी वहन करते हैं

मुद्रण व जिल्दसाज़ी : रेप्रो इंडिया लिमिटेड

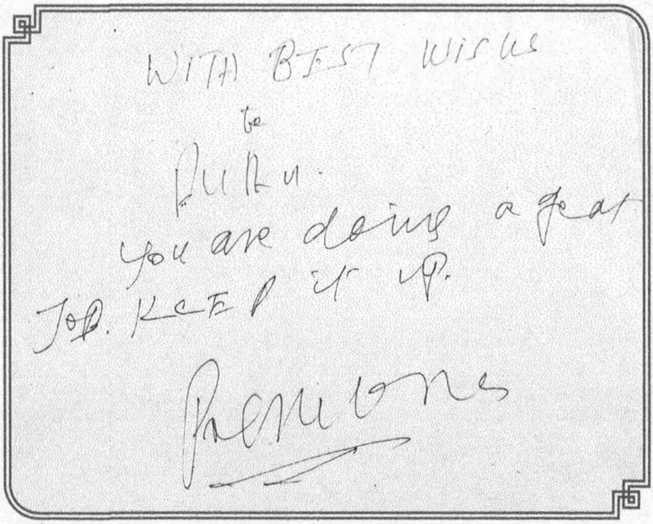

WITH BEST WISHES
to
Pulku
You are doing a great
JOB. KEEP it up.
Prem Chopra

(प्रेम चोपड़ा)

टेढ़ी मेढ़ी कहानियाँ-
पुरुषार्थ झिंगन (आरजे. पुरु)

इस दुनिया को लोग चलाते हैं, और लोगों को समझ पाना आसान नहीं है। हर किसी की कहानी एक अलग छोर से शुरू होती हुई कई करवटें लेती है और जीवन में घटने वाली घटनाओं का मनुष्य की मानसिकता पर गहरा प्रभाव पड़ता है। ये कहना गलत नहीं होगा कि हालात मनुष्य को, और फिर मनुष्य दुनिया को चलाता है।

मेरा सौभाग्य है कि मैंने जीवन का सबसे ख़ूबसूरत हिस्सा देहरादून की हरी भरी और साफ़ वादियों में भोगा और यहीं पला बढ़ा। एक संघर्ष करता, छोटा सा मध्यमवर्गीय परिवार, पर ख़ुशियाँ अपरम्पार। बचपन बीता तो पढ़ाई लिखाई मुझे दिलदारी के शहर चंडीगढ़ ले गई, फिर कुछ साल बाद, रेडियो की नौकरी सरलता के शहर जयपुर ले गई, यहाँ पाँच साल बिता लेने के बाद, जीवन में आगे बढ़ने की महत्त्वकांक्षा मुझे वहाँ ले गई, जहाँ पंजाब सिंध गुजरात मराठा, सब एक हो जाते हैं, और लिखने, बोलने, गाने, परदे पर छाने, और एक बड़ी ज़िंदगी बनाने का सपना लिए, दीवाने यहाँ पहुँच ही जाते हैं, मुंबई।

मेरी इन छोटी-छोटी कहानियों में आपको ये सभी शहर दिखेंगे जिनसे होते हुए मैं अपनी यात्रा में आगे बढ़ रहा हूँ। इनमें से कुछ कहानियाँ मुझ पर गुज़री हैं, और कुछ को गुज़रता, मैंने अपने आसपास महसूस किया है।

थ्योरी ऑफ़ इवोल्यूशन ये कहती है कि मनुष्य, बंदरों के विकसित होने का नतीजा है। वक़्त के साथ दिमाग विकसित होता गया और पूँछ ग़ायब होती गयी।

पर मैं आज के समाज में पूँछ के साथ रीढ़ की हड्डी भी ग़ायब होती देख रहा हूँ! ये किताब एक कोशिश है लुप्त होती रीढ़ की हड्डी यानी नैतिकता को उजागर करने की।

मैं साफ़ हृदय से ये कह सकता हूँ कि ये सब कहानियाँ मेरी कलम से निकली हैं और इनमें मौजूद सभी किरदार जीवंत होते हुए भी काल्पनिक हैं।

समर्पण

ये किताब समर्पित है मेरी माँ, समोटो, और घर में सबके प्यारे- बाघा को!

ये कहानियाँ लिखते हुए मैं जीवन के एक कठिन दौर से गुज़र रहा था, और मैं ये कभी नहीं भूल पाऊँगा कि कैसे मेरी माँ गर्मियों की दोपहर में अपने स्कूल से तकरीबन 3 बजे घर आया करती थी, और उनकी गाड़ी का हॉर्न मेरे लिए जैसे एक फ्रूट चाट सिग्नल बन गया था। वो सारी दोपहरें जब हम पहाड़ से नीचे उतरकर फ्रूट चाट खाते और ज़िन्दगी की बातें करते, उन सभी दोपहरों को मैं हमेशा याद रखूंगा। मुझे सुनने और समझने के लिए शुक्रिया माँ, क्योंकि जीवन में कई बार सुझाव देने से ज़्यादा ज़रुरी, बस किसी के पास बैठ के उसे सुन लेना होता है।

समोटो, धन्यवाद! मुझे प्रेरित करने के लिए। शायद ये किताब बुनने में मुझे तीन से चार साल लग जाते, पर तुमने मुझमें ऊर्जा फूँक दी।

बाघा, तुम्हें शब्दों की ज़रुरत नहीं, तुम्हारे पास एक बेहतर भाषा है, और मैं तुमसे बहुत प्यार करता हूँ।

फ़लसफ़ा

बहुत पहले से उन क़दमों की आहट जान लेते हैं,
तुझे ऐ ज़िन्दगी हम दूर से पहचान लेते हैं!

– फ़िराक़ गोरखपुरी

अनुक्रमणिका

1

सोच

जयपुर शहर में ग़रीबदास की कोठी के बड़े चर्चे थे! बोगनविलिया से सजी दीवारें हर मौसम में ख़ूबसूरत लगती थीं, जो भी कोठी के सामने से गुज़रता, ठहरता, एक नज़र भर के घर को देखता और लंबी सांस भरके ही आगे बढ़ता! ग़रीब दास गरीब नहीं थे! बल्कि उन्हें ग़रीब शब्द से भी बू आती थी। अब ये सोचना लाज़मी भी है कि भला कोई अपने जने बच्चे का नाम ''ग़रीब दास'' क्यों रखेगा। पर ये बदला कई साल पहले उनके माँ-बाप उनसे ले चुके थे। अब इसे वरदान कहिये या अभिशाप, गरीब शब्द से नफ़रत ने ही छोटे से ग़रीबदास के मन में वो ज्वाला फूँकी, कि बच्चा कभी चैन से बैठा नहीं। जीवन में नित आगे बढ़ने की ऐसी ऊर्जा, मानो कुंडली के बारह के बारह खण्डों में सूर्य विराजमान हो।

बूट पोलिश करके पाई-पाई जोड़ने से लेकर तेल का व्यापार बनाना, फिर कपड़ों का व्यापार, फिर चीनी की दो मिल। कुछ ही सालों में ग़रीब दास ने शहर के नामी अमीरो में अपना नाम बना लिया। धन, दौलत, ऐशो आराम की कोई कमी नहीं। सेठ जी जिस दिन बाज़ार जाते ग़रीबों में पैसे बँटवाते, भंडारे करवाते। दान पुण्य के कार्यों में कोई कमी नहीं थी। शहर की कई गौशालाएँ ग़रीब दास की दक्षिणा से चलती थी। सेठ अपनी मेहनत से मिट्टी को सोना करने में माहिर थे। एक दिन खाने की मेज़ पर पत्नी की कलाइयाँ और गला सूना देख लिया, तो खाना छोड़ दिया। कुछ कहा नहीं, पर अगले ही दिन चार सुनार घर आ गए। मानो सेठानी को सोने की कोई

कमी हो। सेठ जी को सबकुछ गवारा था बस ग़रीबी से परहेज थी। एक दिन उद्योग के काम से दिल्ली जाने की बात थी। कुल पचीस मुलाजिम सेठ जी के साथ जाने वाले थे, और इस डील की तैयारी कई हफ़्तों से चल रही थी। कहा जा रहा था कि अगर ये कॉन्ट्रैक्ट मिल गया तो ग़रीब दास की शक्ति दुगनी हो जाएगी। क्योंकि साथ चलने वाले मुलाजिमों की संख्या ज़्यादा थी और प्लेन में इतनी सीटें मौजूद नहीं थी, तो सेठ जी ने ट्रैवल एजेंट को कॉल करके कहा, "सभी की टिकट ए.सी क्लास वाले डिब्बे में, ट्रेन से करवा दीजिये, ट्रेन से जाने से हम छोटे नहीं हो जाएंगे भाई"।

आनन फनन में सब अगले दिन स्टेशन पहुँचे, और ट्रेन चढ़ने ही वाले कि सेठ जी को ट्रेन के नाम ने परेशान कर दिया। ट्रेन का नाम ग़रीब रथ था। सेठ जी ने गुर्राते हुए मैनेजर से कहा, "पैसे चार गुना लगे तो लगें, सभी कल सुबह प्लेन से जाएंगे, बस"।

पुरा का पूरा प्लेन बुक किया गया। सेठ जी ने दिल्ली पहुँचने के लिए प्लेन को ग़रीब रथ बनाया, और ट्रेन से तौबा किया।

ख़ैर, ग़रीबदास जी इस कॉन्ट्रैक्ट के मिलने से बहुत ख़ुश थे, दान पुण्य भी दुगुना हो गया, और गोविंद देव जी की मंगला आरती में जाना भी शुरू कर दिया गया। जयपुर शहर में क्या मनोहर नज़ारा होता है गोविंद देव जी की मंगला आरती का। वहाँ जाने पर ऐसा प्रतीत होता है, मानो रोम-रोम अमृत पी आया हो। आस्था ही आस्था को खींचती है, सेठ जी की बातें सुनकर कुछ मुलाज़िम भी साथ हो लिए, और एक हुजूम हर सुबह आरती के लिए गोविंद देव जी पहुँचने लगा।

एक दिन एक मुलाज़िम ने आरती के बाद सेठ जी से यूँ ही पूछ लिया,

"सेठ जी, कहते हैं, जिसने देखी गोविंद देव जी की मंगला, वो कभी नहीं रहा कंगला"।

क्या आप इस वजह से सुबह की मंगला आरती में जाते हैं"।

सेठ जी ने मुस्कुराते हुए तुलसी का पत्ता कान के पीछे लगाया और जवाब दिया, ‘‘ना मैं कभी कंगला हुआ, ना मेरी सात पीढ़ियाँ कभी कंगली होंगी’’।

‘‘मेरे माता पिता ने बचपन में मुझे नाम देकर ही मेरी नज़र उतार दी थी।’’

इसे वरदान कह लीजिये या अभिशाप, ग़रीब शब्द से नफ़रत की बचपन से जलती ज्वाला ने ग़रीब दास को कभी ग़रीब नहीं होने दिया।

2

पंछी

"अकेलेपन को महामारी घोषित कर देना चाहिए,
अरे अकेले आदमी को तो लज़ीज़ पकवान भी पोषण नहीं देते!"

ये कहते हुए समुद्री जहाज के कप्तान फ़राज़ साहब ने हँसते हुए जहाज़ में सामान लोड़ करवाया। देश पराया था और वो पहली बार सामान लेने रूस आये थे। उन्हें भारतीय नाविक होने का कई साल का अनुभव था और समान इधर से उधर ले जाना यही उनका और उनके साथियों का काम था। बस इसी सिलसिले में, कई महीने और मौसम यूँ ही समुद्री जहाज़ पर कट जाया करते। सागर से महासागर, और एक देश से दूसरे देश सफ़र चलता ही रहता था।

रूस से लौटते वक़्त फ़राज़ साहब के जहाज़ पर सामान के साथ, जाने कहाँ से एक कबूतर भी आ बैठा। सब सामान चढ़ाने में व्यस्त थे तो किसी का ध्यान तक नहीं गया। जहाज़ नीले समंदर की ओर बढ़ चला और एक लंबी यात्रा शुरू हो गई। जाने किस सोच में था पगला सा सफ़ेद कबूतर की ज़मीन को लौटा ही नहीं। कुछ देर बाद जब एहसास हुआ की ज़मीन से कुछ दूर निकल आया है जहाज़ तो छटपटा के ऊँची उड़ान भरी। अब तक फ़राज़ साहब और उनके साथी सफ़ेद कबूतर को जहाज़ पर देख चुके थे। "अरे ये कहाँ से आ गया था जहाज़ पर?" एक साथी ने आवाज़ लगाई।

''मियाँ, आ गया था ये छोड़ो, इससे ज़्यादा ज़रूरी है कि जल्द से जल्द अपनी मिट्टी पर पहुँच जाए, शुक्र है उड़ान भर चुका है!'' फ़राज़ साहब ने लम्बी साँस लेते हुए कहा।

''फ़राज़ साहब मेरी माँ कहती है सफ़ेद कबूतर शांति और प्रगति का प्रतीक होता है।

दूसरे साथी ने कहा।

''अरे जो अपनी शांति और प्रगति का ही ना सोच पाए, वो बेवकूफ़ी का प्रतीक होता है मियाँ, कमबख्त जाने कहाँ से आ गया था जहाज़ पर इतनी दूर नील समंदर में!''

फ़राज़ साहब अभी अपनी बात पूरी ही कर रहे थे की देखा, ''कबूतर वापस लौट आया जहाज़ पर!''

उसके हिस्से पहली हार आई थी, और पहली बार हारने से ज़्यादा दुखद भला और क्या हो सकता है, अजीब अनुभव होता है। कबूतर इतनी लंबी उड़ान नहीं भर पाया था कि वापस अपनी ज़मीन को चूम सके। वो कुछ देर जहाज़ पर फड़फड़ाता रहा, पर किसी के हाथ ना आया। फ़राज़ साहब ने पानी देना चाह तो दूर जहाज़ के ब्रिज पर जा बैठा।

''पंछी की व्यथा पंछी ही जानता है, अपनी मिट्टी छोड़ मैं भी जब-जब जहाज़ पर आता हूँ, आज इतने साल बीत गए हैं इस काम को करते, पर गाँव का बॉर्डर पार करते-करते दिल रो ही उठता है, चार आँसू निकल ही आते हैं, जबकि मुझे ये मालूम होता है कि मैं वापस आऊँगा, इस कबूतर की घबराहट और दर्द का तो सोच कर भी रूह काँप रही है!'' ये सोचते-सोचते फ़राज़ साहब की आँखें भीग आयीं।

आसपास के नाविक ये सोच कर हैरान थे कि फ़राज़ साहब एक पंछी से यूँ दिल कैसे जोड़ बैठे हैं, वे आज इतने भावनात्मक कैसे हो रहे हैं।

सब फ़राज़ साहब को तो दूसरी ओर पंछी को, देखे जा रहे थे। इस बार हौसला बना तो पंछी ने एक और उड़ान भरी, लंबी उड़ान, मानो शरीर की पूरी ऊर्जा झोंक दी हो उड़ने में, कुछ देर के लिए पंछी ग़ायब हो गया, पर वक़्त को ये मंज़ूर नहीं था, हारा पंछी फिर लौट आया, निढाल और बेबस होकर, उसी जहाज़ पर।

थका हुआ वो पंछी, ये समझ चुका था कि अब शायद जहाज़ ही उसके जीवन का सहारा है, इसलिए इस बार वो खुद फ़राज़ साहब के क़रीब पहुँच गया, मानो थक कर उनसे पानी माँग रहा हो। फ़राज़ साहब को इस समय पंछी को पानी पिलाना 1000 नमाज़ों के खुदा तक पहुँचने जैसा लगा, पंछी ने पानी उनके हाथ से पिया और उनके कंधे पर ही आ बैठा।

पंछियों की नज़र बड़ी साफ़ होती है मियाँ, पहचान जाते हैं कि कहाँ प्यार मिल सकता है, काश इंसान भी एक नज़र में पहचान पाते कि कहाँ प्यार मिल सकता है, तो दुनिया में दिल ज़रा कम टूटते, ये कहते हुए फ़राज़ साहब ने पंछी के पर सहलाये।

कई साल पहले, महीनों घर से दूर रहने के पेशे को न समझते हुए, और कुछ मनमुटावों के चलते फ़राज़ साहब की पत्नी और बच्चे उनसे अलग हो गये थे। फ़राज़ साहब सारी उम्र सोचते रहे कि काश उस दिन उन्हे रोक लेता, पर जो वक़्त बीत चुका था और उससे निकला वियोग रोज़ फ़राज़ साहब को सताता था, शायद इसी वियोग ने उन्हें न सिर्फ़ भावुक बल्कि एक गहरा इंसान भी बना दिया था।

''अरे पंछी तेरा भी तो परिवार होगा ना?'' कहते हुए फ़राज़ साहब ने पंछी को चारा खिलाया।

कई हज़ार साल पहले एक राजा था जिसने मजबूर होकर, अपनी तीसरी पत्नी को दिए वचन तले दबकर अपने बड़े बेटे को 14 साल के लिए वनवास पर भेज दिया था। उस राजा की मृत्यु किसी बीमारी से नहीं, वियोग से हुई थी, और वियोग सबसे गंभीर बीमारी है, ये रोज़ आपको तिल-तिल मारती है, वो नहीं मारते पर उनकी याद मारती है।

फ़राज़ साहब ने पंछी के आँसू देखे और एक पल में सारे नाविकों से कहा, अगले बरस मेरी रिटायरमेंट है और सारा जीवन मैंने नौसेना को दे दिया, और इसी अधिकार से आज मैं तुम सबसे कुछ माँगना चाहता हूँ।

सभी नाविक हाथ जोड़ उनके समक्ष खड़े हो गए और भीगी आँखों से उन्हें देखने लगे। फ़राज़ साहब को कुछ कहने भर की ज़रूरत ना पड़ी, और जहाज़ को बीती दिशा में वापस मोड़ लिया गया, 4 दिन का सफ़र तय किया गया, और पंछी को वापस उसके देश पहुँचाया गया। पंछी ने ऊँची उड़ान भरी और अपने देश का हो गया।

फ़राज़ साहब की आँखें भीग गयीं और उस दिन उन्होंने ख़ुद को अपने निजी जीवन की ग़लतियों के लिए माफ़ करने की पहल की।

वियोग वाकई में सबसे गंभीर और पीड़ादायी बिमारी है!

3

सवाल

बचपन से पनपती जिज्ञासा आपको सवाली बना देती है। कुसुम और पंकज भी अपने जुड़वाँ बच्चों के सवालों पे हैरान थे। बच्चे बाल काटते नाई से पूछ लेते थे कि गिन के बताइए कितने बाल हैं हमारे सर पर। नाई तुक्का मार भी देता तो बाल की खाल से और सवाल निकल आते। 5 साल के जुड़वाँ भाइयों के सवालों ने पूरा मोहल्ला परेशान कर रखा था। सारा मोहल्ला उन्हें टोकता, सिवाय उनके अपने माँ-बाप के! और ये चक्कर उल्टा इसलिए था क्योंकि शादी के 10 साल बाद जाकर ईश्वर ने बच्चे दिए थे, और अब कुसुम और पंकज उन दोनों को ईश्वर का प्रसाद मानते थे! बस मोहल्ले को इस प्रसाद से बद-हजमी हो रही थी। एक दिन बच्चों को एक नवजात बच्ची से मिलवाने ले जाया गया और उन्होंने पहली बार स्त्री और पुरुष के बीच का शारीरिक फ़र्क़ देख लिया। ज़ाहिर है जो उनके पास था, वो नवजात कन्या के पास नहीं था, और जो कन्या के पास था, वो उनके पास नहीं था। बच्चे झूले में पड़ी कन्या को देख माँ बाप से सबके सामने बायोलॉजी के सवाल करने लगे और माँ-बाप शर्म से पानी पानी होकर मुस्कुराने लगे।

ये किस्सा इतना प्रचलित हो गया की बन्नी और सन्नी के 13 साल के हो जाने तक, उनकी सैकडों बाल कथाओं में, ये सबसे मशहूर कथा बन गई। इसका मंचन रिश्तेदारों की लगभग हर सभा में होता और बच्चों को शरारती बनने के लिए और प्रोत्साहन मिलता।

जुड़वाँ बच्चे और बड़े हुए, तो एक दूसरे की ही बाज़ू बन गए। एक दूसरे के बल पर दोनों 13 की आयु में ही दबंग हो गए। आलम ये कि जिस घर में शाम को क्रिकेट खेलते हुए बॉल चली जाती, अगर वो वापस ना करते, तो उसी घर में बैट भी दे मारते। स्कूल की किसी लड़ाई में एक भाई कमज़ोर पड़ता तो पीछे बल्ली लिए दूसरा खड़ा मिलता। माँ-बाप का अरमान होता है कि बच्चों की स्कूल से आई ट्राफियाँ घर में इकट्ठी हो जायें, पर यहाँ स्कूल से आई चिट्ठियाँ इकट्ठी हो रही थीं। पर माँ बाप दोनों प्रेम में अंधे, बच्चों को प्रसाद ही मान रहे थे। आलम ये कि बच्चों की हर फ़रमाईश दिन का सूरज ढलने से पहले-पहले पूरी कर दी जाती थी। घर वाले उनकी हर नाकामी पर परदा डालने, और हर ग़लती को छिपाने में माहिर थे!

17 की उमर तक आते-आते, सन्नी बन्नी 2 बार फ़ेल हो चुके थे, और पढ़ाई से तौबा करके, बिना घर पे बताए, दोनों भाइयों ने क्रिकेट खेलना और खेल में सट्टा लगाना शुरू कर दिया, दोनों घर से स्कूल के लिए निकलते, पर क्रिकेट की पिच पर सुबह को शाम करते। एक दिन दो गुटों में पैसे को लेकर लड़ाई हो गई, और सन्नी और बन्नी ने पैसे ना मिलने पर 2 लड़कों से हाथापाई करके उनके हाथ पैर तोड़ दिए। दोनों बच्चे सही और ग़लत के भेद से परे हो चुके थे, पुलिस ने जब दोनों को हिरासत में लिया तो दोनों आँसू दिखाने लगे और हाथ जोड़कर माफ़ी माँगने लगे। दोनों को कुछ घंटो के लिए हिरासत में रखा गया और जैसे तैसे ये बात उनके पिता पंकज तक पहुँची। पिता जी फौरन स्टेशन पहुँच कर अपने जुड़वाँ बच्चों को छुड़ाने की कोशिश में लग गए।

थाना प्रभारी मोहल्ले वालों से पहले भी कई बार इन बच्चों की बदमाशियों के क़िस्से सुन चुके थे, वो एक तजुर्बेकार इंसान थे, उन्होंने मामले की गंभीरता से अवगत करवाने के लिए बच्चों के पिता को अपने केबिन में बुलाया और कहा, ''वकील करवा लिया पंकज जी?''

जी हाँ एसएचओ साहब, बच्चे कल सुबह तक रिहा हो गए तो मंदिर में प्रसाद चढ़ाऊँगा।

''आप तो बच्चों को भी प्रसाद ही मानते हैं ना पंकज जी?''

''जी हाँ बड़ी मन्नतों से मिले जुड़वाँ लड़के''

''मेरी एक बात लिख लिजिए आज, अगर ऐसा ही चलता रहा तो आपके प्रसाद का बहुत जल्द भोग लग जाएगा'' टेबल से उठते हुए एसएचओ साहब ने कहा।

हाँ? पंकज जी ज़रा हड़बड़ा से गए!

मुझे 30 साल हो गए हैं सर्विस में, किसी की आँख में आँख डाल कर तजुर्बे से बता सकता हूँ कि किसे पश्चाताप है और किसे नहीं।

आपकी मानसिकता ने और ज़रूरत से ज़्यादा लगाव ने बच्चों की आँखों से अपराध का एहसास कब छीन लिया, ये आपको ख़ुद मालूम नहीं पड़ा, अब ये कहानी जिस मोड़ पर है, यहाँ से आगे घुप्प अंधेरा है बच्चों की ज़िंदगी में।

एसएचओ साहब की बात सुनते ही एक पिता के माथे पर गहरी शिकन आ गई, वो बेहद परेशान हो उठे और हाथ जोड़ते हुए एसएचओ साहब से बोले, ''मैं वादा करता हूँ इन्हें सुधारने के लिए आप जो रास्ते दिखाएंगे मैं उस पर चलूँगा, इन्हें बेहतर इंसान बनाने में आप मेरी सहायता कीजिये।

''हम्म... तो फिर आप घर जाइये और वकील साहब को भी तुरंत यहाँ से ले जाइये!'' ये कहते हुए एसएचओ साहब बच्चों के पिता से दूर जाकर अपनी कुर्सी पर बैठ गए।

दोनों बच्चे रात भर काल कोठरी में रिहाई का इंतज़ार करते रहे, उधर उनके पिता जी भी रात भर सो न सके, माँ ने सिसकते हुए, जैसे तैसे खाना टेबल पर लगाया तो दो निवाले खा कर वापस अपने कमरे में लौट गए।

एसएचओ साहब सुबह स्टेशन पहुँचे तो उन्हें देख बच्चे फूट फूट कर रोने लगे। एसएचओ साहब ने दोनों को एक हुँकार में चुप करवा दिया। उसी समय स्टेशन में दो लड़के दाखिल हुए, सर पर पट्टी हो रखी थी और दोनों लंगड़ा कर चल रहे थे। दोनों बच्चे उन्हें स्टेशन में देख कर हैरान हो गए, ये वही बच्चे थे जिनके हाथ पैर तोड़ने पर बच्चे जेल तक पहुँचे थे। लॉकअप खोल कर सन्नी और बन्नी को बाहर बुलाया गया और एसएचओ साहब ने बोलना शुरू किया, ये जो सट्टा खेल रहे हो तुम और हाथ पैर तक तोड़े हैं तुम दोनों ने, इसका केस चलेगा अब तुम पर, और 3 साल इसी कालकोठरी में बीतेंगे, जिसमें एक-एक रात एक-एक साल जैसी मालूम

पड़ती है। कानून को तोड़ने वालों का यही हश्र होता है! इंसान को इस बात की समझ होनी ज़रूरी है कि क्या क़ानूनी है और क्या ग़ैर-क़ानूनी। गुस्से में अक्सर इंसान ये दायरा पार कर जाता है और फिर एक बोझ सीने पे लिए घूमता है, बस फिर एक ना एक दिन पकड़ा जाता है।

"यहाँ क़ैद सारे क़ैदियों की यही कहानी है। पूछो इनसे, इनमें से कौन है जो गुनाह करके ख़ुश है? ऐसी ज़िंदगी चाहते हो तुम दोनो?

या एक सही, साफ़ जीवन, जिसमें करुणा हो, प्रेम हो, संतुष्टि हो, वो जीवन बेहतर है?

फ़ैसला तुम्हारा है! हमारी हथकडियाँ मुजरिमों के लिए तैयार हैं!" ये कहते हुए एसएचओ साहब ने लम्बी साँस ली।

सन्नी और बन्नी ग़लत थे, पर इस तरह उनकी आत्मा को किसी ने आज से पहले टटोला भी नहीं था। शायद अगर बच्चों पर प्रेम न्योछावर करने के साथ-साथ उन्हें जीवन जीने की ज़रा सी सीख जिसे आज कल के दौर में लोग लेक्चर बोलते हैं, वो भी दी गई होती, तो कहानी कुछ और होती।

सच्चाई ने तुरन्त चतुराई की चादर उतार दी, और दोनों सर झुका कर कोने में खड़े हो गए। एसएचओ साहब जानते थे कि सज़ा से ज़्यादा एक उमर में सबक ज़रूरी होता है, और वो सबक आज इन दोनों बच्चों को मिल चुका था।

दोनों बच्चों से माफ़ीनामा लिखवाया गया, और साथ ही सामने खड़े चोटिल बच्चों की निरंतर मरहम-पट्टी करवाने, अस्पताल ले जाने, और उनके ठीक होने तक रोज़ाना अस्पताल से पुलिस स्टेशन आकर रजिस्टर में साइन करने की सज़ा एसएचओ साहब ने सुनाई।

सज़ा से अहम एक उमर में सबक होता है शायद इसलिए कोई केस दर्ज नहीं हुआ, पर बच्चों को वो जेल की रात, एसएचओ साहब का चेहरा, और उनकी कही बातें हमेशा याद रही।

4

बेड़ियाँ

पंजाब में किसी भी गाँव में शादी हो तो पूरा गाँव एक परिवार बन जाता है। हर घर के कपाट मेहमानों के लिए खुल जाते हैं और कई चूल्हे सांझे हो जाते हैं, ऐसा प्रतीत होता है मानो गाँव के हर घर में शादी हो। मूनख गाँव भी ऐसा ही था। अमरजीत की शादी में कॉलेज के सभी यार पहुँचे थे। उसके कॉलेज से लेकर फ़ौज तक के सफ़र के सभी पूरक थे। तो सभी दोस्तों ने ढोल पर खूब भंगड़ा पाया।

अमर छल-कपट से बहुत परे था। खुल के हँसना, सीधी बात कहना, और दिल लगा के मेहनत करना, ये उसके चरित्र की विशेषताएँ थी। शायद यही विशेषताएँ शालिनी को भा गई थीं, और पाँच साल के लम्बे इंतज़ार के बाद, दोनों सिख रीति रिवाज़ से आनंद-कारज कर रहे थे।

"हमारे आनंद-कारज में दूल्हा दुल्हन इतना नहीं थकते जितना कोई जोड़ा शादी में थक जाता है, हमारे तो फेरे भी चार ही होते हैं, आधे घंटे में वाहेगुरु को साक्षी मान के ब्याह हो जाता है। अमर की माँ ने मुस्कराते हुए उसके दोस्तों को बताया था।"

शादी के बाद दोनों पटियाला फ़ौज क्वार्टर में रहने लगे और जीवन आगे बढ़ा, खुशियाँ हँसते खेलते दोगुनी हो गईं और अमर के घर "निक्का अमर" भी आ गया।

अमर और शालिनी अक्सर गाँव मूनख जाया करते और बच्चे को दादा-दादी और चाचा से मिलवाया करते। अमर के छोटे भाई सरताज़ से

बच्चे को बहुत लगाव हो गया था, बच्चा दिन भर चाचा की गोद में गाँव के मेले देखता रहता, खेत खलिहान घूमता, फिर कुछ दिन पटियाला तो कुछ दिन मूनख में बीतते, देखते-देखते बच्चा दो साल का होने को आया। शालिनी खेतों की कटाई और आमदनी का लेखा जोखा रखने लगी, उसे गणित में रूचि थी और परिवार के पास पच्चीस बीघे ज़मीन थी, वो इस सिलसिले में अक्सर मूनख आती जाती रहने लगी।

कुछ दिन बाद, अमर को आर्टिलरी टेस्ट करने के लिए यूनिट के साथ, बॉर्डर पर भेजा गया। बच्चे का माथा चूम के अमर बॉर्डर के लिए निकला, पर उसे ज़रा भी अंदाज़ा नहीं था कि ये आख़िरी बार है जब वो शालिनी और अपने बच्चे को देख रहा था। बॉर्डर पर पहुँचने के पंद्रहवें दिन एक बंदूक के मिस फ़ायर हो जाने से अमर शहीद हो गया। उसके जाने की ख़बर परिवार-जनों पर गाज की तरह गिरी। पर सबसे अधिक प्रभाव अमर की माँ और शालिनी पर पड़ा। दोनों ने जैसे कुछ बोलना ही छोड़ दिया। दुःख जितना बड़ा, हालात उतने कठिन। किसी को कुछ समझ नहीं आ रहा था कि आगे क्या होगा! इतने में रिश्तेदारों में बातें होने लगीं, "12.5 बीघा जमीन छोड़ गया है, बारह करोड़ तो कहीं नहीं गए बहू के, खेत बेच के जीवन मौज में कटेगा!"

ये बात जैसे-तैसे अमर के पिता के कानों तक पहुँची तो उन्होंने एक दिन शालिनी को बुलाकर खेत का लेखा जोखा उससे लेकर, अपने पास रख लिया और उससे कहा, "तुम बच्चे का ख़्याल रखो बेटी, फसल को मैं देख लूँगा!"

शालिनी बड़े सदमे से उबर रही थी और उसके पास किसी बात पर बहस करने की उर्जा अभी नहीं थी! रिश्तेदारों में से किसी ने फिर अमर के पिता जी को हवा दे दी, "बहू अगर बच्चे को लेकर अलग हो गई तो क्या करेंगे? आधा खेत तो हाथ से जाएगा ही, साथ में पोता भी खो बैठेंगे, लड़कियाँ ऐसे मौकों का फ़ायदा उठाकर फिर शादी कर लेती हैं अक्सर, समझाना हमारा काम था, बाकि आप खुद समझदार हैं!"

कुछ दिन गुज़रे ही थे, कि शालिनी ने मायके जाने की बात की, कहा, "कुछ दिन ज़रा हवा बदल जाएगी तो शायद बेहतर महसूस होगा!" इस बात से अमर के पिता की चिंता और बढ़ गई। शालिनी एक पढ़ी लिखी

लड़की थी, उसे बाँधना मुश्किल था, और शायद घर वाले ये सोच रहे थे कि वो उमर भर मूनख में अमर की विधवा बनके गुज़ारा करेगी। शालिनी के लिए अभी कोई भी फ़ैसला लेना कठिन था। मनुष्य जब भारी वक़्त से गुज़र रहा होता है तो एक एक पल काटना मुश्किल होता है और ऐसे में कोई फ़ैसला लेना और भी कठिन मालूम पड़ता है।

दो दिन और जैसे तैसे बीते, शालिनी को इतना समझ आ रहा था कि दाल में कुछ काला है, तभी पहले खेत का बहिखाता उसके हाथ से ले लिया गया और फिर मायके जाने से भी रोक दिया गया। कुछ दिन और बीतने पर रिश्तेदारों ने एक नई तीली फूँक दी, ''जवान बहू का ब्याह देवर से करवा दो, तो वारिस और ज़मीन दोनों घर की घर में रह जाएंगे!'' पिताजी को जैसे सारी चिंताओं का समाधान नज़र आ गया, वो फौरन मान गए और शालिनी से बिना पूछे ये बात हुकुम की तरह उस तक पहुँचा दी गई। शालिनी यह सुनते ही टूट गई, पति को गुज़रे दो महीने नहीं हुए। शालिनी का दुख बहुत बड़ा था, और बड़े दुख से उबरने में, बड़ा वक़्त लगता है।

एक स्त्री के लिए गाँव देहात की रूढ़िवादी परम्पराएं बेड़ियाँ बन जाती हैं। दो दिन में आनंदकारज की तैयारी कर दी गई। जो हो रहा था, उसमें ग़लती ना ही अमर के छोटे भाई सरताज़ की थी, न शालिनी की। यह एक तरह का व्यवस्थित प्रपंच था, जिससे वारिस भी घर में रह जाए और संपत्ति भी।

आनन–फानन में पिता जी ने शालिनी को शादी का जोड़ा भी भिजवा दिया। शालिनी बिलख-बिलख कर रो उठी। शादी के जोड़े को देखते ही अमर की यादें दहलीज़ पर आके बैठ गईं और शालिनी ने भीषण दुःख में सोचा, ''इस एक शादी के जोड़े से कितने अरमान थे जीवन में, सब एक पल में ख़ाक कैसे हो सकता है! आज पिताजी इतने बेरहम कैसे हो सकते हैं?''

जब सब अपने बारे में सोच रहे होते हैं, तो उस वक़्त कोई एक भी किसी दूसरे के बारे में सोच ले तो सांचा टूट जाता है। आनंदकारज से एक रात पहले, कोई मुंडेर टाप के, शॉल ओढ़े शालिनी के पास आया और बोला, ''चल, सवाल न करना कोई, सामान ले ले, तुझे बस अड्डे छोड़ आता हूँ!''

शालिनी ने तुरन्त जो हाथ आया बाँधा, बच्चे को लिया, और चल पड़ी।

सुबह पाँच बजे शालिनी को बस में बिठा के सरताज़ ने हाथ जोड के बस इतना कहा, "माफ़ कर देना भाभी, जितना बन पाया मैंने किया, अपना ख़्याल रखना मायके में!"

ग़लती का एहसास सबको होता है, पर ग़लत को सही करने की हिम्मत, कुछ ही लोगों में होती है।

शालिनी खेत खलिहान लूटने के लिए तो ब्याह के नहीं आई थी इस परिवार में, न ही उसकी ऐसी कोई मंशा थी।

पिता जी को अब तक सब ख़बर हो चुकी थी, वो बस निकलने से पहले बस अड्डे पहुँच गए, पर इस बार "उन्होंने कोई हुक्म नहीं सुनाया उन्होंने शालिनी और बच्चे को एक नज़र बस में देखा, उनकी नज़रें मिली और पिता जी ने अपनी पगड़ी उतार कर, हाथ जोड़, शालिनी से माफ़ी माँगी!" उन्हें अपनी ग़लती का एहसास भी था, और पछतावा भी, और कहीं ये हसरत भी कि कभी चल के उनका वारिस, किसी दिन उनसे मिलने चला आएगा, तो बहुत हो जाएगा उनके लिए। शालिनी ने बस में बैठे-बैठे बच्चे से हाथ जुड़वा के दादाजी को नमस्ते करवाया और दूर से आर्शीवाद माँगा।

बस चल पड़ी, और शालिनी और बच्चा भी, आगे चल पड़े...

5

बदलाव

भारत देश 1968 में 21 साल का बाँका जवान था। हसरतें आसमान पर थीं, और वाकई ऐसा प्रतीत होता था, मानो लम्बे इंतज़ार के बाद किसी जवान लड़के को ड्राइविंग लाइसेंस मिला हो। अब ऐसे में जवान मुसाफ़िर की एक हसरत होती है गाड़ी की चाबी, और दूसरी, एक लंबी सड़क।

1968 भारत देश के लिए कुछ ऐसा ही साल था। उसी साल आज़ाद ख़्यालों से आसमान छूने की तमन्ना दिल में लिए मैट्रिक पास मनोज की शादी सुनीता से करवा दी गई। ऐसा नहीं था कि कोई ज़ोर ज़बरदस्ती थी। मनोज कई बार सुनीता से चंडीगढ़ के कैफ़े में मिला, और तब जाके दोनों ने शादी के लिए हामी भारी। उन दिनों कॉलेज फ़ेस्ट् का ट्रेंड भारत में जैसे शुरू ही हुआ था, और कुछ साल पहले ही ''वक़्त'' फ़िल्म रिलीज़ हुई थी, जिससे बच्चे बच्चे की ज़बान पर नए दौर का संगीत और साहिर लुधियानवी के बोल थे। सुनीता ने भी कॉलेज के मंच पर बड़ा ख़ूबसूरत डांस किया था ''वक़्त'' फ़िल्म के गीतों पर, और मनोज ने लट्टू होकर शादी के लिए हाँ कर दी थी।

मनोज जितना महत्वकांक्षी था, सुनीता उतनी ही शाँत। मनोज को बम्बई जाके एक्टर बनना था तो सुनीता को घर पे लज़ीज़ पकवान बनाने थे। दोनों ने सोचा शौक़ अलग अलग होना भी कई बार अच्छा साबित होता है, ''तुम बम्बई में मेरे लिए लज़ीज़ खाना बनाया करना और मैं जम

के ऑडिशन दिया करूँगा।'' सुनीता ने तुरंत चार साड़ियाँ बाँध ली और ये सुनकर मनोज के साथ हो ली।

मनोज की चमक और अंदाज़ के जिस तरह लोग चंडीगढ़ में कायल थे, उसी तरह बम्बई पर भी धीरे-धीरे जादू सा होने लगा और मनोज को एक्टिंग के क्षेत्र में काम मिलने लगा। मुंबई की चकाचौंध, बढ़ती हुई प्रसिद्धि, और काम ने मनोज को इतना व्यस्त कर दिया कि सुनीता के हाथ के लज़ीज़ पकवान खाने का ध्यान ही चला गया मन से। तब तक घर में दो चेहरे और तैयार हो चुके थे, और बिटिया और राजा बेटा दोनों ही माँ की सादगी और लज़ीज़ खाने की तारीफ़ करते थकते नहीं थे। सुनीता के पास सारी दुनिया थी पर मनोज ईद के चाँद सा मालूम पड़ता था, जो पूरी तरह से बम्बई में घुल चुका था। एक दिन किसी फ़िल्म के ट्रेलर रिलीज़ पर जाने की बात हुई तो मनोज ने दफ़्तर से पहली बार सुनीता को साथ चलने के लिए कहा। सुनीता साड़ी पहने गेट पर तैयार थी पर मनोज की एम्बेसडर जैसे ही दरवाज़े पर रुकी और सुनीता की तरफ़ उसकी नज़र गई तो उसका चेहरा बदल सा गया। वो गाड़ी से उतरा और बोला, ''यार सुनीता आज भी तुम्हें ये साड़ी ही पहननी थी? अमा... कोई पोल्का डॉट्स वाली शॉर्ट ड्रेस पहन लेती, सजना सँवरना तुम आज की स्त्रियों से सीखो, कितनी बार कहा है ज़रा अपडेट करो खुद को, माफ़ करना आज मुझे पार्टी में अकेले ही जाना होगा, यूँ तुम्हें साथ लेकर अपनी बेइज़्ज़ती तो नहीं करवा सकता ना!'' इतना कहकर मनोज ने गाड़ी शुरू की और निकल पड़ा।

सुनीता के आँसुओं के लिए मानो आँखें कम पड़ गई हों, ''बदली मैं नहीं मनोज, बदले तो तुम हो!''

उस दिन के बाद दोनों एक छत के नीचे रहे ज़रूर, लेकिन बात सिर्फ़ दो टूक, काम की होने लगी। मानो बसी-बसाई गृहस्थी पे कालसर्प दोष लग गया हो। ना कोई मुस्कान, ना दिल बहलाने की कोई कोशिश। सुनीता कुछ लज़ीज़ बनाती तो मनोज खाने से पहले ही कोई बहाना बनाकर घर से निकल जाता। सुनीता भी अब हर माँ की तरह बच्चों को अपने संसार का केंद्र मान चुकी थी, और उन्हीं की खुशी के लिए दिन रात काट रही थी।

उसकी जिस सादगी से मनोज को किसी ज़माने में प्रेम हुआ था, आज उसी से नफ़रत सी हो गई थी जैसे। हाँ नफ़रत ज़रूर एक बेहद गहरा शब्द

है, और नापसंद होने और नफ़रत होने में ज़मीन आसमान का फ़र्क़ होता है, पर मनोज का व्यवहार ऐसा ही था, जैसे उसे सुनीता से नफ़रत हो चुकी हो। उसने जितना सुनीता को बदलने की कोशिश की, उन दोनों के बीच दूरियाँ उतनी ही बढ़ती गईं।

कुछ साल और गुज़रे तो मनोज ने एक सुंदर सा बंगला भी ले लिया। बम्बई अब उसे पहचानने लगी थी और जिस सपने को साथ लिए वो और सुनीता सब छोड़ के बम्बई आए थे, वो सपना काफ़ी हद तक पूरा हो चुका था। पर इस ख़ुशी को आपस में बाँटने जैसा रिश्ता पति-पत्नी का बचा नहीं था। ज़माने भर के साथ मनोज ने ख़ुशियाँ बाँटी पर सुनीता के साथ एक मुस्कान तक बाँटना भूल गया। ये बात सुनीता के दिल में किसी शूल सी चुभने लगी और ज़्यादा सोचने और परेशान होने की आदत ने उसे बीमार कर दिया। सर में भारी माइग्रेन का दर्द रहने लगा और बंगले में डॉक्टरों का आना-जाना आम हो गया। मनोज को इससे भी ज़्यादा फ़र्क़ नहीं पड़ा। तरक़्क़ी अपने साथ और बहुत सी चीज़ें लाती है, जिनका हम कहीं न कहीं ज़िक्र तक नहीं करते। मनोज शराब में डूबने लगा, और काम के बाद अय्याशी और जश्न बढ़ते चले गए।

उन्ही दिनों एक बार मनोज की मुलाक़ात स्ट्रगलिंग एक्ट्रेस मोनिका से हुई। दिल्ली से बम्बई आई एक मॉडर्न लड़की जो मनोज की फ़ैन भी थी। मनोज और मोनिका में नज़दीकियाँ बढ़ने लगीं और एक वक़्त के बाद मनोज ने घर जाना ही छोड़ दिया। कुछ दिन और गुज़रे तो मनोज ने तलाक के कागज़ात घर पहुँचा दिये और अपनी दस साल की बसी-बसाई गृहस्थी का गला घोंट कर मोनिका से शादी कर ली। इसके एवज में उसने बच्चों और सुनीता की पूरी ज़िम्मेदारी लेने का वादा किया।

6-7 महीने तो नई शादी की चकाचौंध में ही बीत गए। पर धीरे-धीरे मनोज को ये बात महसूस होने लगी कि मोनिका सुनीता की तरह उसका ध्यान नहीं रखती। उसका पूरा ध्यान सिर्फ़ अपनी सुंदरता, अपने सपनों, और अपने एक्टिंग करियर पर ही रहता है।

ज़िंदगी जैसे तैसे आगे बढी! अब एक छत के नीचे उस घर में दो जान तो रहती थीं पर एक दिल होकर नहीं रहतीं थीं। मनोज कभी वापस तक नहीं गया ये देखने की बच्चे और सुनीता कहाँ किस हाल में हैं। हैं भी, या नहीं?

कुछ 7 साल बीते तो विदेश में किसी फ़िल्म की शूटिंग करते हुए अचानक मनोज की नज़र एक मैगज़ीन के आर्टिकल पर पड़ी। ये आर्टिकल किसी उभरती हुई शेफ़ सुनीता के बारे में था जिसने दुनिया भर के रेस्टोरेंट के ज़ायके बदल दिए और अब अपनी ख़ुद की रेसिपी की किताब लेकर आ रही थी। उस आर्टिकल में सुनीता की स्टाइलिश तस्वीर देख कर मनोज दंग रह गया! छोटे बॉब कट बाल, स्टाइलिश ड्रेस और एक बेहद आकर्षक अंदाज़। कुछ घंटों में कुछ फ़ोन घुमाने पर पता चला कि शेफ़ सुनीता यूएस में रहती हैं, उनकी दूसरी शादी भी चुकी है और अब वहीं से भारत का सब काम काज देख रही हैं। मनोज ने न आव देखा न ताव, वो तुरंत अगली फ्लाइट लेकर न्यूयॉर्क चला गया और सुनीता के दरवाज़े पर जाकर खड़ा हो गया।

बच्चों ने एक आख़िरी बार पिता से मिलने की इच्छा ज़ाहिर की तो सुनीता ने मना नहीं किया, पर वो ख़ुद मनोज से नहीं मिली। बच्चे कुछ 14-15 साल के हो चुके थे और उन्होंने मनोज से सिर्फ़ इतना कहा,

''हमारे नए पिता माँ का बहुत ख़्याल रखते हैं क्योंकि शायद वो प्रेम शब्द का अर्थ जानते हैं। उन्होंने माँ को बड़ी मुश्किल से अंधेरे से निकालकर सकारात्मक रौशनी दिखायी, और माँ को वैसे अपनाया जैसी वो हैं।

उन्होंने कभी माँ को अपने जैसा बनाना नहीं चाहा है। शायद इसलिए क्योंकि वो ख़ुद से ज़्यादा प्रेम माँ से करते हैं। साथ ही उन्होंने माँ को समय दिया अपनी गति से चलने का, बिना किसी मनमुटाव के, उन्होंने माँ के व्यक्तित्व को जैसे का तैसा अपनाया, और उसे बदलने की कोशिश नहीं की। इसलिए आज माँ का आत्मविश्वास देखते ही बनता है, और वो एक बेहद प्यारी, रिश्तों की कद्र करने वाली इंसान होने के साथ साथ, एक सफल कामकाजी महिला भी हैं। हमें ख़ुशी है कि उनके भीतर प्रेम मर जाने के बाद फिर से पनप पाया।

वो बच्चों की मनोज से आख़िरी मुलाक़ात थी।

आप गुलाब को अपना कर उसे कमल बनने पर मजबूर तो नहीं कर सकते।

आप जिनसे प्रेम करते हैं उन्हे उनकी कमियों के साथ अपनाते हैं!

6

हैप्पी एंडिंग

मनोहर की माँ मरी तो जैसे आसमान लाल पड़ गया था। घर में दो ही लोग हों और उनमें से भी एक चला जाए तो दुख से ज़्यादा धोखा लगता है। ब्रह्मभोज वाले दिन, पंडित गरुड़ पुराण पढ़ के स्वर्ग और नरक की कहानियाँ बांध रहे थे, और कोने में खड़ा मनोहर नास्तिक होते हुए भी आस्तिक होने का नाटक कर रहा था, सिर्फ़ माँ की ख़ातिर। उसे माँ से इतना प्रेम था कि सौ जन्म भी उसकी शांति के लिए पाठ करने पड़ते तो वो बिना एक निवाला खाये वहीं खड़ा रहता। ऊपर वाले ने माँ में इतना प्रेम सींचा है कि माँ की जगह खाली रह जाती है उमर भर के लिए, एक रिक्त स्थान की तरह, जिसे आँसू जीवन भर, भर नहीं पाते। माँ के जाने के बाद जीवन आगे बढ़ता है, सुख-दुख भी आते हैं, पर ख़ुश होके गले लगाने और दुख में अपनी गोद में सर रख के माथा सहलाने को माँ नहीं होती बस। माँ का जाना ऐसा होता है जैसे आत्मा का चले जाना। आप दो अलग-अलग तरह के जीवन जीते हैं, एक माँ के साथ, और एक माँ के बाद, और ये दोनों जीवन एक दूसरे से उतने ही भिन्न हैं, जितने ज़मीन और आसमान।

गरुड़ पुराण का पाठ पूरा हुआ तो मनोहर द्वार पर हाथ जोड़कर खड़ा हो गया, सभी रिश्तेदार सामने से गुज़रते उसे सांत्वना दे रहे थे, और वो सभी का सभा में आने के लिए धन्यवाद दे रहा था। मनोहर के प्यारे कुशल चाचा अमृतसर से दिल्ली ख़ास इस सभा के लिए आए थे। धीरे-धीरे भीड़ कम होने लगी और सब रिश्तेदार अपने घर चले गए, पर कुशल चाचा जो

कभी मनोहर की स्कूल वैन के ड्राइवर हुआ करते थे, वो वहीं रुक गए। कुशल चाचा को मनोहर से बड़ा लगाव था, उनकी अपनी कोई औलाद नहीं थी, तो बचपन में मनोहर की माँ से कहा करते थे कि सुबह शाम इस बच्चे को देख लेता हूँ, तो ऐसा प्रतीत होता है जैसे मेरा आँगन खाली नहीं है। पूरे मोहल्ले में शोर मचाने वाला थोड़ा सा शोर मेरी गाड़ी में भी छोड़ जाता है सुबह शाम। मनोहर भी बेधड़क दिल की हर बात कर लेता था चाचा से। वक़्त बीता, मनोहर बड़ा हुआ, नौकरी पेशा हो गया, और कुशल चाचा पे भी उमर आ गई, तो वह अपने घर अमृतसर वापस चले गए। पर फ़ोन पर बातें और प्रेम कम नहीं हुआ। चाचा जानते थे कि आज मनोहर कमज़ोर है, इसलिए बिना कुछ कहे रुक गए उसके पास। अपनों की ज़रूरत शायद इसलिए होती है जीवन में कि जब कुछ बोल पाने की हिम्मत ना हो, तब वो बिन बोले, आपकी बात समझ ले।

खाली सा घर मनोहर को काट रहा था, तो उसने चाचा से कहा, ''चाचा मैं चाय बना लाता हूँ आपके लिए!''

''हाँ चल बेटा मैं भी तेरे साथ चाय बनते-बनते दो बातें कर लूँगा!'' चाचा ने कहा!

पतीले में पत्ती पक ही रही थी कि मनोहर ने चाचा को पुकारा, ''चाचा 15 दिन होने को आए हैं पर कोई काम एकाग्रता से नहीं कर पा रहा हूँ, बोझल, भटका-भटका सा रहता हूँ। कई बार कोई काम याद आता है तो मुँह से अचानक ''माँ'' निकल जाता है। फिर इस बात का एहसास कि माँ अब नहीं हैं, काटने लगता है और फिर से शून्य हो जाता हूँ। मुझे ये सब स्वर्ग नरक की बातें जो आज पंडित सुना रहे थे, समझ नहीं आती। कोई स्वर्ग नरक नहीं होता ना चाचा जी? अगर होता तो माँ के शव से लिपट कर मैंने जो दर्द महसूस किया, और जिस तरह से बिलख कर मैं रातों को रोता हूँ, सिसक-सिसक के सिरहाने तक भीग जाते हैं, अगर ये स्वर्ग की बात सत्य होती तो माँ मुझे रोता देख आसमान फाड़ के भी आ जाती! सब झूठ है, ढोंग है! जीवन में कभी फ़िल्म की तरह हैप्पी एंडिंग नहीं होती! ऐसा ही है जीवन!''

चाचा ख़ामोश खड़े सब सुनते रहे, चाय के प्याले लेकर दोनों बाहर हॉल की तरफ़ बढ़े तो चाचा ने मनोहर के कंधे पर हाथ रख के कहा, ''कई

साल पहले मैं दिल्ली अकेले नहीं आया था बेटा, मेरे साथ मेरी पत्नी सुनीता भी आई थी, हम दोनों यहाँ एक संतुष्ट जीवन की तलाश में आए थे पर किसे पता था कि सुनीता मेरा साथ लम्बे समय तक चलने वाला नहीं था। दिल्ली आने के 2 साल के भीतर टीबी ने मेरी सुनीता को मुझसे छीन लिया। इंसान क्या सोचता है और क्या से क्या हो जाता है। आज भी एक दिन ऐसा नहीं जाता जब सुनीता मुझे याद न आती हो, कभी दिन दोपहरी मुस्कान बन के तो कभी रात को आँसु बन के याद आ ही जाती है।

मनोहर ख़ामोशी से सब सुन रहा था और तब चाचा ने उसका सिर सहलाते हुए आख़िरी बात कही, "बच्चे तुमने सही कहा था, कोई हैप्पी एंडिंग नहीं होती, क्योंकि प्रेम में अंत ही नहीं होता, एंडिंग ही नहीं होती!"

7

रीढ़ की हड्डी

लोग तब ज़्यादा मज़बूत थे या अब?

पिछली सदी के लोगों को, बिना सोशल मीडिया के सोशल होना पड़ा,

दो विश्व युद्ध और एक बँटवारे के बाद, बिना लिंक्ड-इन के ज़िन्दगी को लिंक करना पड़ा!

उस दौर में मोहब्बत की मंडी भी नहीं लगती थी, बिना राइट-स्वाइप के राइट इंसान को आँख कैसे परखती थी?

स्मृति की नानी मुल्तान से थीं! बँटवारे से एक साल पहले ही उनका रिश्ता नाना जी से पक्का हुआ था! एक साल तक चिट्ठियों से, बिना ब्लू टिक के बात होती रही! इंतज़ार में प्रेम धीमी आँच पर पकता रहा, और जाने कब तैयार हो गया! नाना के सगाई वाले दिन, घर आने की ख़बर मिली, तो नानी ख़ुशी में मुंडेर से कूद पड़ी थीं! प्रेम गहरा था, उन्हें किसकी पड़ी थी! सगाई मंडप तक पहुँचती, उससे पहले बँटवारे की आँधी चल पड़ी!

घर, गाँव, शहर, सब रूल गए,

नानी तो किसी तरह परिवार समेत इस तरफ़ आ गयीं,

पर नाना जाने कहाँ गुम गए!

दो साल बीत गए, पर कोई सुराग़ नहीं! दिल्ली, पंजाब, राजस्थान, कहीं के कैम्पों से कोई ख़बर नहीं!

नानी समझदार थीं, पढ़ी लिखी होशियार थीं,

पर ईमान की ज़रा पक्की थीं, और जाने कैसी ज़िद्दी थीं!

सबने माथा पीट-पीट समझाया! "भूल जा मुल्तान को पगली, ये वक़्त हमें दिल्ली है लाया!"

नानी ने भाई से वादा माँगा, कलाई पे डोरी बाँध मज़बूत इरादा माँगा,

"तू जा वीरे बस एक बार आख़िर,

हर कैंप देख आ मेरी ख़ातिर!"

भाई भी निकला वचन का पक्का! जा पहुँचा हर ओर वो बंदा!

रब ने जब शिद्दत ये देखी, पूरी हुयी परख समय की!

सालों बाद कुछ लोग मिले थे,

इस पार वो मुश्किल पहुँचे थे!

उम्मीदों के दीपक जल गए,

नानी को फिर नाना मिल गए!

ब्याह रचा, सब ग़म भुला, दो पंछी यूँ फिर से बस गए!"

लोग तब ज़्यादा मज़बूत थे या अब?

8

चाँद

◆

चंदू को बचपन से चाँद-तारों का बड़ा शौक़ था, रात भर घर की पुरानी सी लकड़ी की खाट पर लेटे हुए वो टूटे तारों से सिर्फ़ अपनी नहीं बल्कि पूरे शहर की ख़ुशियाँ माँग लिया करता था। अजीब लड़का था, मनुष्य को ऊपर वाले ने व्यक्तिगत रूप से स्वार्थी ही बनाया है। सोचिये अचानक बैठे बैठे अभी इस पल में बाढ़ आ जाए और हम डूबने लगें, तो सबसे पहले तो हम खुद को ही बचाएँगे, और यदि खुद बच गए तो शायद किसी और को बचाने की सोचेंगे। पर चंदू अलग था, जो अपने से पहले औरों के बारे में सोचा करता था। अपने आप को अकेला न देखने की भावना ने पूरे जयपुर शहर को चंदू का दोस्त बना दिया था। माँ दही लाने के लिए डेयरी तक भी भेजतीं, तो चंदू पेड़, पक्षी, लोग, सबसे रिश्ता बनाता हुआ, और अपनी एक अलग दुनिया में बिंदास जीता हुआ जाता था। उसकी दुनिया का संविधान भी अलग ही था, क्योंकि उसकी दुनिया में करुणा, स्नेह, अपनापन और जादू का शासन था। जयपुर शहर के पास आमेर का किला है, और उसके पास नाहरगढ़ का बुलंद ऊँचा किला, जहाँ से जयपुर शहर आपको आपकी हथेली पर नजर आता है और पूरा शहर रात को आपके लिए टिमटिमाता है। चंदू वहाँ शाम को घंटों बैठ कर चाँद तारों से बतियाता, ठीक वैसे जैसे दोस्त बतियाते हैं।

"आज माँ से रिक्शा के लिए पैसे माँगे तो कहती महीने की आख़िरी तारीखों में पैसा मत माँगा करो! आप सब तारे मिलके मेरे घर ढेर सारा

पैसा क्यों नहीं भेज देते? मेरे परिवार वाले तो इतने अच्छे लोग हैं, सबकी भलाई ही सोचते हैं!''

चंदू चाँद सूरज के बारे में दोस्तों को बताता, ''ये वह भगवान हैं जो हमें नज़र आते हैं, इनसे जो माँगो मिलेगा ही मिलेगा!''

उसका विश्वास देख अक्सर आस-पास के लोग हैरान हो जाते!

चंदू की दुनिया नानी की उन कहानियों जैसी साफ़ थी, जो उसने बचपन में सुनी थी। शायद वह वैसे ही ढल गया था। चाँद पर दूध की नदी होती होगी और तारे एक दूसरे को डाक लिखते होंगे, यहाँ तक तो ठीक था, पर ये मान लेना की दुनिया में सिर्फ़ अच्छाई है, जाने ये बात कितनी सही थी...

चंदू को ज़िंदगी के एक जैसे होने से भी कोफ्त नहीं होती थी। वो उनमें से था जो देखी हुई फ़िल्म को 20 बार देख ले, अपना पसंदीदा पकवान रोज़ खा ले, जो घंटों बिना हिले बैठा रहे, और किसी के भी साथ उठ बैठ ले, जिसे किसी बात से कोई ख़ास परेशानी ना हो! उसे सिनेमा से बेहद प्यार था और एक बड़ी अजीब सी आदत भी थी। एक बार कोई फ़िल्म पसंद आ गई तो वो परिवार को, दोस्तों को, एक-एक करके सबको वो फ़िल्म दिखाएगा और ख़ुद उनके साथ बीसवीं बार भी देख लेगा। उसे अपने आसपास वालों के चेहरे पर ख़ुशी देख के ख़ुशी मिलती थी। ऐसा नहीं था कि वो महत्वकांक्षी नहीं था, उसके बड़े बड़े सपने थे पर समाज के आम 25 पे नौकरी, 27 पे छोकरी, 28 पे शादी, 30 पे बच्चे वाले ढर्रे से अलग था चंदू। उसे बस जीना था अपनी दुनिया में, अपने तरीक़ों से। आसपास के लोग फ़िल्मी कहते थे उसे।

चंदू को गीतों से हौसला मिलता था, वह जब उदास होता तो सोचता, यस बॉस फ़िल्म में जावेद अख़्तर साहब ने शाहरुख़ खान के लिए ''चाँद तारे तोड़ लाऊँ'' गीत लिखा? या दुआ लिखी? शाहरुख खान को वो सबकुछ हासिल हो गया जो उस गीत में जावेद साहब ने लिखा, कुछ लोगों के पास जादू होता है, बस वह बताते नहीं हैं।

ये सोचकर वो अक्सर इस गीत को सुनता, और इसे सुनकर एक अलग सी ऊर्जा मिलती उसे।

इस दुनिया में हर इंसान को, कुछ न कुछ शक्ति देता है, उसकी ऊर्जा बढ़ाता है, और चंदू को ऊर्जा, 'शब्द' देते थे! फिर चाहे वो गीत के रूप में हो, फ़िल्म के रूप में हो, दृश्य के रूप में हो, या फिर कहानी के रूप में हो।

एक रोज़ चंदू ने कहीं पढ़ लिया कि आज की तारीख़ ख़ास है, जो दिल से माँगो मिल जाएगा।

उसने अपने माँ बाप की ख़ुशी के लिए घर माँग लिया, और सिर्फ़ माँगा नहीं, लिख लिया कागज़ पर, कि माँ पापा कितने ख़ुश होंगे जब अपने ख़ुद के घर में जाएंगे, "ईश्वर हमें सुंदर सा घर देदो!"

पिता की नौकरी का कोई ठिकाना नहीं, 24 घंटे फिक्रों में रहने वाला परिवार, जैसे तैसे अपना गुज़ारा करता हुआ। हमारे देश की 78 प्रतिशत जनता ऐसी ही तो है! जो लोग 100 रुपयों से कम कमाते हैं रोज़ के, ऐसे 78 प्रतिशत हैं इस देश में। और ऐसे परिवारों को तो सपने देखने पर भी टैक्स लगता है। चंदू ने चाँद से कितनी बेबुनियाद चीज माँग ली, बिना अपनी चादर देखे पसार दिए पैर। ख़ैर, अब रोज़ रात सोने से पहले वह अपनी दुआ पढ़ता और उस कागज़ को सिरहाने के नीचे रख के सोता।

एक सुबह उठा तो कागज़ सिरहाने के नीचे था ही नहीं। चंदू बेहद परेशान हो गया। शायद रात को तेज़ आँधी आई थी, खिड़की से चलती हवा में, कागज़ शायद उड़ के बिस्तर के नीचे गिरा होगा, और माँ से सुबह झाड़ू के साथ चंदू की दुआ को घर से बाहर कर दिया। उस दिन चंदू ने खाना नहीं खाया। सपना जिसका टूटता है दर्द महसूस भी उसे ही होता है। रात तारों को देखते हुए चंदू बिलखता ज़रूर रहा मगर कुछ बोला नहीं, और जाने कब आँसू से तकिया भिगाने के बाद उसकी आँख लग गई, और वो सो गया।

सुबह आँख खुली तो पिता जी बिस्तर किनारे खड़े थे, जैसे चंदू के उठने का ही इंतज़ार कर रहे थे, उनकी दूर की बुआ जो घर के पास रहती थीं, उनकी तबियत कुछ नासाज़ थी और चंदू के पिता जी को उनसे बेहद प्यार था, चंदू भी उन्हें दादी कहता था और आख़िरी वक़्त में इस परिवार ने उन्हें अपने परिवार से बढ़कर सहारा दिया था। उनके अपने बच्चे अपनी ज़िंदगी में मस्त दूसरे शहरों में रहते थे, और चंदू का परिवार बुआ जी की देख रेख पूरे सेवा भाव से करता था। पर उस दिन सेवा का मौक़ा नहीं

मिला, जब तक चंदू और उसके पिता जी बुआ के घर पहुँचे, वह परलोक सिधार चुकी थीं।

अंतिम संस्कार हुआ, कुछ 15 दिन पूजा पाठ चला, फिर एक दिन सब रिश्तेदारों के बुआ के घर से जाने से पहले, काला कोट पहने वकील साहब बुआ के घर में दाखिल हुए।

"माँ ने जायदाद का लेखा जोखा किया था लगता है जाने से पहले!" ये कहके उनके दोनों बच्चे वकील साहब के पास आ गए।

क्या लिखा है वसीयत में वकील साहब? दोनों लड़कों ने सभी रिश्तेदारों के सामने पूछा।

वकील साहब ने कुर्सी पर बैठ कर पानी पिया और बोले, "भाई माँ तो माँ है, बच्चे चाहे दूर रहें, अंतिम समय में देख रेख भी ना करें, फिर भी माँ को ईश्वर ने बनाया ही कुछ ऐसा है कि देती ही जाती है जीवन भर, और जीवन के बाद भी। बबलू और टिंकू, तुम दोनों को माँ ने अपने खेत दे दिये हैं, 15-15 बीघा ज़मीन आधी-आधी बाँट दी है दोनो के नाम। दोनो भाईयों के चेहरे पर ख़ुशी ऐसी फूटी, मानो भूल गए हों कि माँ गुज़र गई उनकी।

पर एक बात अभी और थी वकील साहब की पोटली में, पर ये बात उन्हें गुज़री हुई सुमित्रा देवी से नहीं, बल्कि किसी जगत चंद शर्मा जी से कहनी थी, जो कि रिश्तेदार थे सुमित्रा देवी के। भाई ऐसा है कि ये हवेली जिस में हम सब खड़े हैं, ये हवेली जगत चंद शर्मा जी को दी जाती है, ऐसा वसीयत में लिखा है!"

जगत जी, चंदू के पापा थे। और ये ख़बर सुनते ही जैसे वह बुत बन गए।

उस पल चंदू की घर की दुआ कुछ यूँ कुबूल हो गई थी! ईश्वर के खेल निराले हैं, पर मुराद पूरी उनकी होगी, जो पूरे विश्वास से, बिना संकोच के और बिना किसी संदेह के, अच्छे और सच्चे दिल से माँगने वाले हैं! ये बात उस क्षण साबित हो गई, जब चंदू के पिताजी, जिन्होंने सारी उमर सिर्फ़ संघर्ष ही किया था, वो रोते-रोते फ़र्श पर बैठ गए, और ऊपर देख मन ही मन, बुआ जी को धन्यवाद करने लगे!

माँगो तो ऐसे जैसे ऊपर अपना ही बाप बैठा है! चंदू की तरह नेक दिल से माँगो, तो क्या नहीं मिलता!

9

झटका

मानपुरा गाँव में खबर फैल गई कि बीती शाम खेल-खेल में कुम्हार की गूंगी लड़की छत से गिर गई और ज़मीन पर पड़ते ही माँ-माँ करके रोने लगी। सारा गाँव हैरान था कि गूंगी बच्ची बोलने कैसे लगी। बुजुर्गों में बातें होने लगी, "बच्ची की माँ मिट्टी के बर्तन में कौवों को पानी पिलाती थी, और फिर वही पानी बच्ची को पिलाया करती थी, लगता है टोटका काम कर गया!" एक बूढी माँ ने कहा।

"अरे वो मन्नत माँगने पीर बाबा के यहाँ गयी थी, उन्ही का चमत्कार होगा!" पास बैठी दूसरी अम्मा ने बोला।

"डॉक्टर की दवाएँ शायद देर से असर कर गयीं" बाऊ जी बोले।

"ईश्वर के चमत्कार, ईश्वर ही जाने" पास के मंदिर के पुजारी ने कहा।

कुल मिलाकार, पूरा गाँव हैरान था कि ये जादू हुआ तो हुआ कैसे। जो बच्ची पैदाएशी गूंगी हो वो अचानक बोलने लग जाए तो हैरान होना लाज़मी भी है वैसे।

हैरानी इस क़दर बढ़ी, कि जब बच्ची गूंगी थी तो इतने डॉक्टरों ने उसे नहीं देखा, जितने डॉक्टर दूर शहरों से अब बच्ची को देखने आ रहे थे। सुबह से शाम तक घर पर मिलने वालों का ताँता लगा रहता है। 4 लोग 4 तरह की बातें करने लगे। डॉक्टरों ने एंडोस्कोपी करके वोकल कॉर्ड्स पर रिसर्च करने तक की बात की।

कुम्हार बेचारा परेशान था कि बच्ची को जब सबकी ज़रूरत थी, और हम दर-दर बच्ची को इलाज के लिए ले जा रहे थे, तब ग़रीब होने की वजह से आधी दुनिया पास तक नहीं बैठती थी, और आज तमाम मीडिया से लेकर बड़े-बड़े डॉक्टर गाँव आकर बच्ची को देखना चाह रहे हैं।

हमारा समाज इतना अजीब क्यों है भाई?

पंचायत में भी आने वाले हफ़्ते यही मुद्दा छिड़ गया, पंचों ने कहा, "मुन्नी को देखने दूर विलायत तक से लोग आ रहे हैं, बच्ची ने गाँव का नाम चमका दिया है। एक शहरी अख़बार सबके सामने रखा गया जिसमें मुन्नी की फ़ोटो थी और लिखा था, मानपुरा में गूंगे भी आवाज़ रखते हैं!"

बच्चे को दूध-दही से स्नान करवाया गया और बच्ची के पिता से पूरा वाकया फिर दोहराने को कहा गया।

कुम्हार बोला, "हुजूर बच्ची मेरे ही साथ छत पे गई थी कि इतने में उसकी माँ ने आवाज़ लगायी की चाय गर्म-गर्म बनी है ठंडी हो जाएगी, बस इतना सुनकर मैं दौड़कर नीचे चाय का प्याला लेने गया कि बच्ची का पाँव छत से फ़िसल गया, वो गिर पड़ी, और आवाज़ आ गई!" बच्ची माँ-माँ करके रोने लगी।

बच्ची की माँ ने पंचायत को बताया कि बिटिया पैदा होते वक़्त भी नहीं रोयी थी और आज 8 साल बाद अचानक गिरते ही मुँह से शब्द फूट पड़े!"

पंचों में परशुराम जी आस पास के पाँच गाँवों में माने हुए सूझ बूझ वाले व्यक्ति थे, उन्होंने पूरी बात सुनकर पंचायत को निष्कर्ष दिया।

हाथ में चाय का प्याला लिए बोले, "हम्म... तो 8 साल जो बच्ची ना बोली, वह ज़मीन पर गिरी और बोलने लग पड़ी, इस बात से आप सब क्या समझते हैं?"

उन्होंने आस-पास की कुछ कहानियों पर रौशनी डाली, सबको बताया कि प्रान्त का सबसे बड़ा उद्योगपति कई साल पहले अच्छा ख़ासा तेल का धंधा कर रहा था, पर एक दिन अचानक उसके गोदाम में आग लगने की वजह से उसे धूल चाटनी पड़ गई, पर वह उठा और कपड़े के व्यापार में जीवन देखने लगा, एक छोटी सी दुकान से सिल्क की फ़ैक्ट्रियों तक कहानी पहुँची, तो सरकार ने एक दिन उसके धंधे पर रोक लगा दी,

और वह फिर से धूल चाट बैठा, इस बार झटका बड़ा था तो हिम्मत भी बड़ी हो गई, फिर से व्यापार की शुरुआत की और आज सिर्फ़ कपड़ा और तेल नहीं बल्कि केमिकल, एनर्जी, सीमेंट, उसके न जाने कितने व्यापार हैं!

जीवन आपको इसलिए नहीं गिराता है कि आप ढेर हो जाओ। बल्कि आपको हिम्मत देने के लिए गिराता है! हम जितना गिरते हैं, उठना उतना आसान हो जाता है। और ठोकर, धक्का, या झटका ज़रूरी होता है, फिर चाहे वह रिश्तों में लगे, व्यवसाय में लगे, नौकरी में लगे, शरीर में लगे, या 8 साल की गूंगी मुन्नी को लगे!

यह झटका कई बार गूंगे को आवाज़ दे जाता है!

और इसलिये, ज़रूरी है!

गाँव वालों ने मुन्नी को झटका लगने की ख़ुशी में उस दिन बड़ी कढ़ाही में सूजी का हलवा बनाया, और इंतज़ार किया कि फिर गाँव में किसी को ठोकर, धक्का, या कह लीजिए झटका लगे, क्योंकि... जीवन है तो झटका ज़रूरी है!

10

कृपाल

भारतीय सेना को रातों रात खबर पहुँचाई गई कि प्वाइंट 4875 यानी कारगिल की मुश्कोह घाटी का एक पहाड़, जहाँ पाकिस्तानी उग्रवादी घुसके, बंकर बना कर बैठे हुए हैं, उसे रातों रात फ़तह करना ज़रूरी है।

"रात में ही क्यों साहब जी?"

बटालियन के होनहार राइफ़ल मैन कृपाल सिंह ने सवाल किया।

"अंधेरे में रौशनी नर्म होने की वजह से दुश्मन पर धावा बोलना आसान होगा कृपाल सिंह!"

कैप्टन विक्रम ने जवाब दिया।

कृपाल सिंह और बटालियन का हर सैनिक जीत की ध्वनि सुनने के लिए तरस रहा था।

"अब तो दुश्मन को बाहर खदेड़ के ही मानेंगे साहब जी, हम तैयार हैं!"

किसी भी बटालियन में एक फ़ौजी की हिम्मत, उसके साथ का फ़ौजी होता है! कई बार आपसी एकता से, एक आवाज़ हो जाने पर, और एक नारा साथ मिलके लगाने पर, ऐसी ऊर्जा उत्पन्न होती है कि आप असंभव को संभव कर सकते हैं! इतिहास में ऐसी कई जंगे हैं, जो बल से ज़्यादा मनोबल से जीती गई हैं। मनोबल ईश्वरीय है, ये अपने आप में सबसे बड़ी ताक़त है!

जीत से पहले जीत के नारे लगाते हुए राइफ़ल मैन कृपाल सिंह और उसके साथी आगे बढ़े। द्रास की ठंडी रातें, और फिर मुश्कोह घाटी का गिरता तापमान, कोहरा भी उस रात ज़रा ज़्यादा था, और शायद इन्हीं हलात का फ़ायदा उठाकर दुश्मन को गुमराह करने की कोशिश थी बटालियन की। सैनिकों ने घाटी में चट्टानों के पीछे पोजीशन ले ली और धावा बोलने के लिए सी.ओ साहब के ऑर्डर का इंतज़ार करने लगे। कृपाल सिंह ने खुद से पंजाबी में कहा, "अज्ज ता बंदे कई मरने ने कृपाल, ते फेर झंडा लहरान दे बाद असी खानी रोटी ते मखनी दाल!" आसपास के सैनिक ये सुनके मुस्कराने लगे। नाजुक स्थिति में हास्य कठिनाइयों को आसान बना देता है, और शायद इसीलिए हास्य बुना भी गया होगा। कृपाल ने बंदूक तानी और सी.ओ साहब की ओर देखने लगा, सी.ओ साहब ने कोहरे का फ़ायदा उठाकर दुश्मन के नज़दीक धीमी गति से बढ़ने का इशारा दिया, कृपाल ने उन्हें कवर किया, और आगे बढ़ने लगा। बटालियन का प्रकृति ने पूरा साथ दिया और बिना अब तक एक भी गोली चलाये, जीत सुनिश्चित सी हो गई। सैनिक दुश्मन की पहाड़ी से 100 मीटर दूर थे, पर दुश्मन को इस बात की ज़रा भी ख़बर नहीं थी, मानो सब घोड़े बेच कर सर्द रात में बेहोश सो रहे हों।

सी.ओ साहब जानते थे कि नीचे ऊपर की जंग में फ़ायदा अक्सर पहाड़ी के ऊपर वाले को होता है, इसलिए उन्होंने तुरंत 100 मीटर चढ़के पहाड़ी तक पहुँचने के आदेश दिया। कृपाल ने उन्हें कवर दिया और बाकी सैनिकों के साथ आगे बढ़ा। इसी बीच किसी सैनिक के पाँव से चट्टान पर भागते हुए एक छोटा पत्थर सरक गया और जैसे एक गेंद सरकने की आवाज़ हुई! सी.ओ ने सबको सतर्क होने को कहा, क्योंकि अब ये जंग 99 प्रतिशत पूरी हो चुकी थी।

पाकिस्तानी बंकर के ऊपर चढ़ के बंकर पर फ़ायर कर दिया गया, इससे आसपास के दो बंकर जिन्हें सैनिकों ने घेर रखा था, वहाँ से अंधाधुंध फायरिंग होनी लगी। अब दुश्मन की बची-खुची टुकड़ियाँ सतर्क ज़रूर हो चुकी थीं, मगर हम इसके लिए तैयार थे। दुश्मन को चारो तरफ़ से घेर लेने की वजह से कृपाल और उसके साथियों ने पाँच मिनट में बिना एक भी सैनिक की जान गँवाए, दुश्मन का ख़ात्मा कर दिया और जीत हासिल कर ली। जीत हासिल कर लेने से सैनिकों का मनोबल देखने वाला था, कि

इतने में पता नहीं कहाँ से एक अधमरे सैनिक ने अपना हैंड ग्रेनेड रिलीज़ कर दिया, जिस पर किसी की नज़र नहीं पड़ी। कृपाल जिसने सी.ओ साहब को कवर दे रखा था उसने ग्रेनेडे ज़मीन पर पड़ते ही औरों की जान बचाने के चक्कर में उस पर छलाँग मार दी! ग्रेनेड फटने के बाद एक मिनट के लिए चारों ओर सन्नाटा छा गया। किसी सैनिक को खरोंच तक ना आई, पर राइफ़ल मैन कृपाल सिंह की छाती का दाहिना हिस्सा बुरी तरह घायल हो गया, पुरे शरीर से खून रिसने लगा। सबने बिना वक़्त ज़ाया किए कृपाल को स्ट्रेचर पर डाल लिया और हिम्मत देने लगे! कृपाल की साँसें चल रही थीं, और वो धीमी गति से साथियों को बोला, "मेरी दाल मखनी ते रोटी रह गई यार!"

आसपास के सैनिक फूट फूट कर रोने लगे और सी.ओ ने तुरन्त कृपाल से कहा, "हिम्मत रख कृपाल रोटी हम साथ खाएंगे!"

"मेरे चक्कर में आपकी रोटी ठंडी नहीं होने दूँगा साहब!" कृपाल ने दर्द में कराहते हुए जवाब दिया। "मेरे पिंड मे मैं बिन माँ बाप के पला, बड़ा लम्बा चौड़ा परिवार था हमारा, तो बहुत माँओं ने पाल के बड़ा कर दिया, अच्छा हुआ कि अभी तक शादी नहीं हुई थी मेरी, वरना थोड़ा अफ़सोस साथ ले जाना पड़ता ऊपर! मैं किसी को दुख नहीं देना चाहता साहब!" ये कहते हुए कृपाल की आवाज़ ज़रा लड़खड़ाई।

"जल्दी से स्ट्रेचर को द्रास ले जाएंगे, वहाँ से हेलीकॉप्टर में सीधा, मिलिट्ररी अस्पताल। वहाँ तुम एकदम ठीक हो जाओगे कृपाल!" ये कहकर सी.ओ साहब ने हिम्मत दी और सैनिकों को स्ट्रेचर कंधे पर उठाकर तेज़ आगे ले जाने को कहा।

सी.ओ साहब और कुछ सैनिक वापस नीचे घाटी की तरफ़ उतरने लगे कि इतने में दर्द में कराहते कृपाल ने लड़खड़ाती आवाज़ में सी.ओ साहब का हाथ पकड़ कर उनसे कहा, साहब एक सेकंड ये कागज़ पकड़ लेंगे?

सीओ साहब जानते थे कि इस वक़्त एक-एक पल बेहद क़ीमती है और कृपाल को द्रास ले जाने और वहाँ से मिलिट्री अस्पताल जाने में बहुत वक़्त जाएगा।

"कागज़? ये क्या है कृपाल? ये सब बातें बाद में करेंगे! तुम्हारे ठीक होने के बाद, अभी पहले द्रास पहुँचने दो हमें!"

"नहीं साहब, ये मेरी जान से भी ज़्यादा ज़रूरी है" कृपाल ने ये कहकर सी.ओ. साहब का हाथ एक बार फिर कस के पकड़ लिया!

"अरे हद है कृपाल, आख़िर क्या है इस कागज़ में जो इस समय तुम्हारी जान से ज़्यादा ज़रूरी है?" परेशान सी.ओ साहब ने डाँटकर पूछा!

"मैं पढ़ देता हूँ, कृपाल ने लड़खड़ाती "अधमरी आवाज़ से पढ़ना शुरू किया, धनीराम के 400 रुपए, नथुआ के 650, तेजिंदर मेरा बड़ा भाई उसके 3000, बंतो मेरी बहन की गुज़री राखी, जिस में घर नहीं जा पाया था, उसके 1100, गाय का दूध मुझे रोज़ाना पिलाने वाले चंदू के 300 रुपये गुज़रे महीने के, और कीरत बीबी, जिन्होंने मेरी परवरिश की गाँव में, उनके 2500 मेरे पास रखे हुए हैं!"

"अरे क्या करना है इस सबका?" परेशान सी.ओ. साहब ने बीच में कृपाल को रोक कर पूछा!

"ये सब मेरी आने वाली महीने की तनख़्वाह से चुका देना साहब! मैं बस किसी का क़र्ज़ा लेकर नहीं जाना चाहता इस दुनिया से, बाबा जी सब देख रहे हैं!" ये कहते हुए राइफ़लमैन कृपाल सिंह ने आख़िरी साँस ली।

सी.ओ. साहब और बाकी सैनिकों ने बात करने की कोशिश की, चीखने भी लगे, पर कृपाल अपना इस जीवन का सारा कर्ज़ा चुका गया था! वह जा चुका था... सैनिकों ने स्ट्रेचर नीचे ज़मीन पर रख दिया, सबने एक-एक करके कृपाल का माथा चूमा, और उस रात दुश्मन पर जीत हासिल करने के बावजूद सब फूट-फूट कर रोए!

ऐसा नहीं है कि आज के दौर में चरित्रवान लोग नही हैं! वो हैं, और हमेशा रहेंगे! समाज के माथे पर क़दम-क़दम पर एक शिकन लाने को, हमारी आत्मा टटोलने को, और हम जिस अंधी दौड़ का हिस्सा हैं, उस अंधी दौड़ में, दो पल के लिए ही सही, इस कोहरे में, हमें रास्ता दिखाने को! दो पल बाद चाहे हम फिर उसी अंधी दौड़ में मिल जाएंगे, पर राइफ़ल मैन कृपाल सिंह आते रहे हैं, वह आते जाएंगे, और समाज को अपने तेजस्वी चरित्र से रौशनी दिखाते जाएंगे!

11

समाज

प्रेम धाम सोसाइटी में प्रेम का ही अभाव था। कुछ घरों से तो दिन रात पति पत्नी के लड़ने की आवाज़ें आती रहती थीं। यह आलम कि आप रात के वक्त अपनी खिड़की से परदा सरका के देखिये तो कोई ना कोई जोड़ा लड़ता-झगड़ता नज़र आ ही जाएगा। ''यह लोग अलग क्यों नहीं हो जाते?'' रिया ने किचन की खिड़की से बाहर देख, चाय बनाते बनाते अपने पिता जी से पूछा।

''रिश्ता जोड़ना आसान है, तोड़ना मुश्किल। और रिश्ता टूटने से पहले कई बार टूटता है बेटी, और हर किसी में निर्णय लेने लायक क्षमता नहीं होती। घिसट-घिसट के शादी की गाड़ी चला लेती है दुनिया।

''इसलिए तो कहती हूँ पिताजी, मैंने ये शादी-वादी नहीं करनी।''

''सब अपनी क़िस्मत लिखवा के आते हैं बेटी, तू भी लिखवाके लाई है।''

''मैंने चारपाई से बाँध लेना है वक़्त को और अपने हिसाब से चलाना है। ये कहके हँसते हुए रिया ने पिता जी को गरम चाय और बिस्कुट दिए।''

पिता जी मुस्कुरा दिए, ''ईश्वर तेरी हर मनोकामना पूरी करे!''

रिया मास्टर साहब की इकलौती औलाद थी। माँ के कम उमर में स्वर्ग सिधार जाने की वजह से वो जल्दी जवान हो गई थी। हर काम ख़ुद करने की आदत ने उसे स्वाभिमानी भी बना दिया था। मास्टर साहब पहले

स्कूल में पढ़ाते, और घर में बिटिया का चेहरा पढ़कर बता देते कि आज रानी बेटी का दिन कैसा गुज़रा। वो पिता से ज़्यादा माँ थे। बिटिया उन्नतीस साल की हो चुकी थी और छोटे शहरों में इस उमर तक घर के बुजुर्ग बेटी की शादी को लेकर परेशान हो ही जाते हैं! पर मास्टर जी ने ज़िंदगी की धूप देखी थी, वो बिटिया पर शादी को लेकर कोई दबाव नहीं डालना चाहते थे। इसलिए नहीं कि वो शादी के बाद घर की चार दीवारी में अकेले रह जाएंगे, बल्कि इसलिए कि वो बिटिया को समझ का वो तराज़ू देना चाहते थे, जिससे दुनिया को सही आँखों से तोल सके और सही निर्णय ले सके।

''सामने के घर में कुसुम है ना पिताजी, उसका दूसरी बार गर्भपात हो गया, अब उसका पति विशाल और उसके माँ-बाप बहू को घर से निकालने पर तुले हुए हैं, आज उनका झगड़ा आँगन तक आ गया!'' रिया ने मास्टर जी को बताया।

मास्टर जी ने लम्बी साँस भरी और सोचा, ''जितनी जल्दी बच्ची दरिंदों के जाल से आज़ाद हो उतना बेहतर!'' पर उन्होंने अपने ख़्याल को शब्द नहीं दिए, और रिया से पूछा-

''तुम्हें क्या लगता है बेटी? ऐसे में क्या करना चाहिए?''

''लड़की के परिवार वाले ये जानते हैं पिताजी कि इस समय लड़की की सेहत का ख़्याल रखना सबसे ज़रूरी है, पर अगर इसके बाद भी उनकी अकल घास चरने चली गई है तो रिया को अपने माता पिता के घर चले जाना चाहिए, हमेशा के लिए।''

मास्टर जी इन बातों से भाँप लेते कि बिटिया की परवरिश रीढ़ की हड्डी के साथ हुई है और उन्होंने एक बुत को जन्म नहीं दिया।

''आजकल के युग में समाचार देख लो या आँखों से संसार देख लो, यही मालूम पड़ता है कि रीढ़ की हड्डी की बड़ी कमी है समाज में!''

एक दूसरे के लिए खड़े होना तो दूर की बात है, इंसान आज अपने लिए खड़ा हो जाए यही बड़ी बात है और मेरी बेटी अपने आप के लिए हमेशा खड़ी रहेगी! ये सोचकर मास्टर जी ख़ुश थे।

मास्टर जी की ज़िंदगी पत्नी के जाने के बाद तन्हा ज़रूर गुज़री थी, पर बिटिया ने उनकी ज़िंदगी में जीने की वजह बनने का काम किया था।

बिल्डिंग के पास की चाय की दुकान शर्मा जी चलाते थे, और वो मास्टर जी की कहानी खूब जानते थे! मास्टर जी शर्मा जी को सालों से जिगरी दोस्त मानते और चाय पर दिल की हर बात उनसे साझा कर लेते। एक दिन शर्मा जी मुस्कराते हुए मास्टर जी के घर आए और कहा कि बिटिया के लिए नई दिल्ली से किसी बड़े ऊँचे घर का रिश्ता आया है। मास्टर जी इसके लिए तैयार नहीं थे पर किसी तरह उन्होंने अपने मन को मनाया कि समाज के नियमों को मानने में क्या ही बुराई है। और फिर क्या पता बिटिया को लड़का और परिवार भा जाए। और मैंने कब तक साथ रहना है बच्ची के, उमर हो चली है, जाने कब बुलावा आ जाए। इन सवालों ने मास्टर जी को रिया से बात करने पर मजबूर कर दिया।

रिया ने सीधा इंकार कर दिया, ''बाबा हमारी बात हुई थी इस बारे में, मैंने आपको वचन दिया हुआ है कि आपको कभी अकेला नहीं छोड़ूंगी, और अब आप...!''

''ये सब बचपने की बातें हैं रिया, अब तुम बड़ी हो गई हो, और एक बार लड़के से मिलने में क्या बुराई है बेटी? हर शादी असफल हो ज़रूरी तो नहीं, मेरी और अपनी माँ की शादी ही देख लो, समय ने हमें अलग कर दिया, पर मैंने उनकी जगह कभी किसी और को नहीं दी!''

''तो मैं भी आपकी ही बेटी हूँ, जो कह दिया सो कह दिया, मैं ब्याह नहीं करने वाली!''

मास्टर जी चिंतित थे, पर ख़ुश भी थे। बेटियों को ईश्वर ने कितना महान बनाया है, आगा भी निभाती हैं और पीछा भी!

शादी के बाद बेटों के बदलने के क़िस्से-कहानियाँ समाज में बहुत सुनाई देते हैं, पर बेटियों को ईश्वर ने जाने कौनसी मिट्टी से बनाया है। इस लिहाज़ से बेटियों की अहमियत ज़्यादा नहीं होनी चाहिए समाज में? मास्टर जी उस पूरी रात बस यही सब सोचते रहे।

वो यह भी जानते थे कि चाहे उनके मुँह पर रिया ने मना कर दिया है, पर उनका मन रखने के लिए मिल जरूर लेगी एक बार लड़के से, और क्या पता क़िस्मत कब दरवाज़े पर दस्तक दे दे।

अगले इतवार, घर मेहमानों के लिए तैयार था। रिया ने शायद पहली बार उस दिन साड़ी पहनी थी, और वह बिलकुल अपनी माँ की झलक दे

रही थी। मास्टर जी ने ख़ुशी से बेटी की नज़र उतारी और कंधे पर हाथ रख के कहा कि बिल्कुल फ़िक्र न करे, सूझबूझ और पूरे हृदय से फ़ैसला ले।

मेहमानों ने दरवाज़े पर दस्तक दी। एक छोटा सा परिवार जान पड़ता था। माता पिता, बेटा और एक बिटिया। रिया ने चाय नाश्ता परोसा तो एक आँख में मास्टर जी को समझ आ गया कि बिटिया भा गई है परिवार को। लड़का लड़की को बात चीत के लिए बाहर भेज दिया गया और लड़के के पिता ने मास्टर जी से कहा, "मास्टर जी ये मेरी पगड़ी मैं आपके हाथ में धरता हूँ, अगर बिटिया को हमारा बेटा भा जाए तो अपनी बिटिया हमें दे देना, हम जानते हैं आपने बड़े प्रेम और सिद्धांतों के साथ बिटिया को बड़ा किया है, बिटिया को परखने के लिए हमने बस इतना देखा कि वो आप से कैसे बात करती है। खरा सोना है आपकी परवरिश, हम जीवन भर आपके सिद्धांतों का मान रखेंगे!"

मास्टर जी ने पगड़ी लड़के के पिता को लौटाई और हाथ जोड़ कर कहा, "बिटिया की हाँ हुई तो ईश्वर जानता है साहब, मैं तुरंत आपकी बात मान लूँगा!"

उधर रिया ने पहले बात शुरू करते हुए अजय से कहा, "मेरी स्थिति किसी आम लड़की के मुक़ाबले थोड़ी अलग है, मुझे आगे अपने पिता का ध्यान रखना होगा क्योंकि हम दोनो का एक दूसरे के अलावा कोई नहीं।"

लड़के ने मुस्कराते हुए जवाब दिया, "अगर इस सब में मैं तुम्हारा जीवन भर साथ दे दूँ तो सफ़र आसान हो जाएगा ना? एक से भले दो होते हैं। मुझे सिर्फ़ तुम्हारी मुस्कुराहट चाहिए होगी जिससे मैं सुकून से अपने व्यापार और परिवार दोनों पर ध्यान दे सकूँ, अब तक तरक़्क़ी की है, आगे भी करेंगे, मगर अब साथ-साथ!"

रिया को लड़के की बात सरल और साफ़ लगी, मगर उसने उस समय कोई जवाब देना मुनासिब नहीं समझा।

मेहमानों के जाने के बाद, मास्टर जी ने रिया से अकेले में सारी बात सुनी। किसी जल्दबाज़ी में कोई फ़ैसला नहीं लिया गया। रिया की फ़िक्र का कारण उसके बाद मास्टर जी थे। और वो नहीं मानती थी कि कोई पुरुष इतना प्रगतिशील हो सकता है, कि उसे ससुराल की देख रेख के साथ मायके की देख रेख भी करने दे।

ख़ैर, जैसे-तैसे दोनों ने एक दूसरे से मिलना-जुलना ज़रूर शुरू कर दिया। अजय में एक विशेषता जो रिया को वक़्त के साथ नज़र आ गई थी, वो थी- धीरज, उसे हालात को बिना गरम हुए संभालना और रास्ता निकालना आता था, और यह अपने आपमें एक बड़ी विशेषता थी। चार साल यूँ ही बीत गए और एक दिन फिर से अजय ने रिया से शादी की बात कर डाली, रिया ने सिर्फ़ इतना पूछा, ''अगर आज भी मैं जवाब न दूँ तो?''

अजय ने मुस्कुराकर जवाब दिया, ''तो तुम्हारे लिए कुछ साल और इंतज़ार सही, पर मेरा दिल ये ज़रूर कहता है, कि एक से भले दो हैं, और मिलकर हम सब ठीक कर सकते हैं!''

रिया ने अजय को परखने में अपना वक़्त लिया, और शायद अजय ने भी।

कुछ वक़्त बाद रिया और अजय की शादी करवा दी गई, और कमाल की बात ये है, कि मास्टर जी को पति-पत्नी ने कभी अकेला महसूस नहीं होने दिया। दोनों परिवार हँसते-खेलते जीवन की पटरी पर आगे बढ़ गए।

क़िस्मत दरवाज़े पर दस्तक दे तो हालात के चलते दरवाज़ा बंद नहीं करना चाहिए। क्या पता, क़िस्मत हालात बदलने आई हो...!

12

जंतर

मिरोठी गाँव में इंसान घुसता बाद में था, और गाँव की सुन्दरता देख आँखे पहले चुन्धिया जाती थीं। उत्तराखंड की पहाड़ियों में बसा एक छोटा सा गाँव। सुना है पौराणिक काल में भगवान शिव को इस गाँव की ख़ूबसूरती भा गई थी, तो उन्होंने साधु का भेष धारण किया, और गाँव वालों की लहलहाती फ़सलों में से एक ज़मीन का टुकड़ा माँगने चले आए। गाँव वालों को अपनी ज़मीन की उपज पर इतना घमंड था, कि उन्होंने साधु को ज़मीन देने से मना कर दिया। भगवान शिव ने इस बात से क्रोधित होकर सभी खेतों को हरे भरे ऊँचे देवदार के पेड़ो में तब्दील कर दिया। गाँव इतना ख़ूबसूरत है कि सब देवदार के वृक्ष देखते ही रह जाते हैं, और ये देवदार के घने वृक्ष, एक साथ देखे जाने पर, एक हरी दीवार जैसे प्रतीत होते थे।

मुरारी और उसके दोस्तों ने ये कहानी बचपन से सुनी थी, इसलिए मुरारी रोज़ खाने के वक़्त अठखेली करता अपनी माँ से पूछा करता था, तो गाँव भोले बाबा से शापित है?

माँ को ये सुनते ही गुस्सा आ जाता!

"कितनी बार समझाया है ग़लत शब्द ज़बान पर मत लाया कर!"

"अरे मेरी माँ, "ज़रा अटखेली करने से क्या होता है? मैं किसी श्राप को नहीं मानता, मेरी हमेशा से मस्त कटी है, और आगे की ज़िंदगी भी मस्त ही कटेगी! डर उन्हें दिखा करता है जो देखना चाहते हैं!"

ये सुनकर मुरारी की माँ ने अपने आशावादी बेटे के बाल ज़रूर सहलाए, पर वक़्त से बड़ा कुछ नहीं होता, ये माँ जानती थी! पर बेटे के आशावाद पर किसी भी रंग की कोई परत वो चढ़ाना नहीं चाहती थी।

"ईश्वर तेरे मन का करे, और वक़्त तेरे साथ चले!" ये सोचते हुए मुरारी की माँ किचन में चली गई।

मुरारी की माँ जानती थी कि मुरारी हारने वालों में से नहीं है, "आशावादी लोगों के अंदर की आशा ही तो उनकी सबसे बड़ी शक्ति होती है, मैं उससे बहस करके उसकी शक्ति नहीं छीनना चाहती उससे, वह दुनिया को सुनहरा देखना चाहता है तो देखे, आख़िर इसमें ग़लत भी क्या है?" मुरारी की माँ उस रात देर तक यही सोचती रही।

गाँव से कुछ दूर ऊपर एक पहाड़ी पर मंदाकिनी नदी उफन के बहती थी। पहाड़ों से नीचे आती मंदाकिनी गाँव से कुछ 6 किमी नीचे भागीरथी नदी से मिल जाती, और इस तरह दोनों नदियाँ मिलकर गंगा बन जाती थी। उन दिनों सर्दियाँ थीं, तो नदियों की बात भर से गाँव वालों को कड़कड़ाती ठण्ड का एहसास हो जाता था।

मुरारी और उसके दोस्त बाहर क्रिकेट खेल रहे थे कि सरपंच की आवाज़ मुरारी के कानों में पड़ी, "सुना है पी.डब्ल्यू.डी से कुछ वैज्ञानिक आए हैं, नदियों का ब्योरा और कोई डैम का काम शुरू करने के लिए, जाने क्या-क्या करता रहता है प्रशासन। अरे! नदियों की धारा जैसी बह रही है बहने दो, क्यों पर्यावरण में ख़्वाह-मख़्वाह दिमाग घुसाता है कमबख़्त इंसान?"

मुरारी ने उस शाम माँ को खाने पर सारी बात बताई, अभी दोनों खाना खाके हटे ही थे कि मुरारी ने माँ से कहा, "मैं ज़रा पहाड़ी तक टहल के आता हूँ माँ, आज खाना ज़्यादा खा लिया है स्वाद-स्वाद में!"

"रात का समय है ज़्यादा दूर न जाना, इस समय बाघ-भेड़ियों का ख़तरा रहता है पहाड़ी पर!" मुरारी की माँ ने घर से निकलने से पहले मुरारी को हिदायत दी।

रात अमावस्या की थी और सामने घना जंगल, मुरारी को कुछ साफ़ दिखाई नहीं दे रहा था तो उसने मशाल जला ली, कुछ देर जंगल में आगे बढ़ा ही था कि तेज़ बिजली कड़की और अचानक बरसात होने लगी। मुरारी

एक पेड़ के साये तले बैठ गया, और बारिश थमने का इंतज़ार करने लगा। मौसम ने फिर करवट ली, और बारिश ने अचानक जैसे रौद्र रूप धारण कर लिया, ऐसा प्रतीत हो रहा था मानो कोई झरना फूट रहा हो। मुरारी समझ गया कि ये पल पेड के साये से लग के बैठे रहने का ही है, और वो बाहर निकलने के बारे में सोच भी नहीं सकता। चांद छिप गया, और आकाश उस रात गाढ़े स्लेटी रंग में बदल गया, फिर ज़ोरों की बिजली कड़कने लगी। इससे पहले कि मुरारी कुछ समझ पाता, उसकी नज़र सामने पहाड़ पर पड़ी, और नज़ारा ऐसा की किसी को भी देख कर चक्कर आ जाए। मंदाकिनी नदी ने प्रलय का रूप ले लिया था, और नदी एक तेज़ तूफ़ान की तरह गाँव की तरफ़ बढ़ रही थी। मुरारी ये नज़ारा देखकर सहम गया और तेज़ रफ्तार से पेडों से बचते बचाते गाँव की तरफ़ भागने लगा।

उसने गाँव के द्वार पर आते ही चीख कर सबको प्रलय की ख़बर दी। सहमे डरे लोग जैसे तैसे घरों से बाहर आ गए और बच्चों और महिलाओं को ऊँची पहाड़ी की ओर भेजने की तैयारी होने लगी। सरपंच और गांव के जिम्मेदार लोग समझ गए थे कि वक़्त कठिन है और संयम रखना होगा।

"नदी कितनी देर में यहाँ तक आन पहुँचेगी?" डर के मारे सरपंच ने मुरारी से पूछा।

"कुछ साफ़ साफ़ नहीं कह सकते पर यही कुछ 20-25 मिनट में, नदी रौद्र है, हमें संभलना होगा और अपनी और अपने गाँव की जान बचानी होगी।

ये कहके मुरारी तुरन्त घर और माँ की तरफ़ भाग पड़ा। माँ मुरारी को देखते ही रो पड़ी, और मुरारी को गले से लगा लिया। घर के पालतू जानवरों को मुरारी ने आज़ाद किया और तुरंत माँ को और महिलाओं के साथ ऊँची पहाड़ी की तरफ़ बढ़ने को कहा।

"बात करने का वक़्त नहीं है माँ, आप जल्दी से निकल चलो"

"तू मेरे साथ चल मेरे लाल!" डरी हुई माँ ने मुरारी से कहा।

"मैं एक समझदार लड़का हूँ माँ, घबराओ मत, मुझे कुछ नहीं होगा, आप मेरा कहा मानो, बहस का वक़्त नहीं है, आप आगे बढ़ो!"

"मैं तेरे बिना कहीं नहीं जाऊँगी!" माँ रो पड़ी।

मुरारी ने माँ का हाथ पकड़ा और भरोसा करने को कहा, "मुझे कुछ नहीं होगा माँ ये मेरा वादा है तुझसे।"

इतना कहकर मुरारी ने माँ को महिलाओं के साथ ऊँची पहाड़ी की तरफ़ बढ़ने वाले कारवाँ से जोड़ दिया।

इसके बाद मुरारी तुरंत गाँव की ओर भाग पड़ा, उफनती हुई मंदाकिनी गाँव के काफ़ी नज़दीक आ चुकी थी, लोगों का मनोबल टूट रहा था। हर चेहरे पर ख़ौफ़ मुरारी को साफ़-साफ़ नज़र आ रहा था। मुरारी ने गाँव के सारे पशुओं को एक करना शुरू किया, और दोस्तों से मदद लेकर, जानवरों को ऊँची पहाड़ी की ओर भेजना शुरू किया।

"मुरारी हम फिर मिलेंगे?" सहमे हुए दोस्त ने मुरारी से पूछा।

"अरे जानेमन मंदाकिनी ने सदा इस गाँव की रक्षा की है।

वो जीवन देती है, लेती नहीं।

तुम सब पहाड़ी की तरफ़ बढ़ो, हम फिर मिलेंगे मेरा वादा है!"

गाँववासी जिन्हें मृत्यु सामने नज़र आ रही थी, जो मुरारी के ऐसे हालात में भी आशावादी होने पर हैरान थे। सब धीरे-धीरे गाँव छोड़ ऊँचे टीले की तरफ़ चल पड़े।

गाँव में अब सिर्फ़ एक मंदिर का पुजारी और मुरारी रह गए थे।

पुजारी जी मंदाकिनी की शांति और मौसम के बदलने की गुहार नीली छतरी वाले से लगा रहे थे, और पास बैठे मुरारी को देखते जा रहे थे। "भोले तेरे देवदार हैं तू ही बचाएगा!" कहते हुए पुजारी जी ने दीया जलाया।

मुरारी भी अपना अडिग विश्वास लिए ईश्वर की मूर्ति को देख रहा था। उफनती मंदकिनी जो भोले की जटाओं से उलझ जाए, वो कहाँ रुकने वाली थी, वो तो विकराल थी। उसे देख ऐसा प्रतीत हो रहा था जैसे स्वयं महादेव तांडव नृत्य कर रहे हों। नदी गाँव में उतर आई और पल भर में मंदिर के द्वार तक आ पहुँचीं, मुरारी और पुजारी ने गहरी साँस ली, लेकिन जाने कैसे द्वार के नीचे के बगीचे की मिट्टी को छूते ही मंदाकिनी ने उबड़ खाबड़ चट्टानों पर चढ़ने की जगह, अपना रुख ही बदल लिया। उफनती हुई तूफ़ानी नदी गाँव के बगल की हरी घाटी में उतर गई और वहीं से नीचे की

तरफ़ गुज़रने लगी। ये देख पहाड़ी पे बैठा पूरा गाँव ख़ुशी से झूम उठा और ईश्वर को कोटि-कोटि धन्यवाद देने लगा।

पुजारी जी ने महादेव के शिवलिंग पर जल चढ़ाया, फिर मुरारी को चंदन का टीका किया और कहा, ''आशा अगर मुरारी जैसी हो तो महादेव चमत्कार कैसे न करें!''

आशावादी लोगों की आशा उनकी सबसे बड़ी शक्ति होती है, और इसी आशा पर ही संसार क़ायम है! हम आशा और निराशा में से क्या चुनते हैं ये हमारे बारे में बहुत कुछ कहता है। वाकई, कई बार आशा तर्कों से बिल्कुल परे नज़र आती है, लेकिन फिर भी उसकी डोरी को मज़बूती से थामे रखना ही जीवन को थामे रखना है। क्योंकि जीवन आशा में है, निराशा में नहीं!

13

स्मृति

ऋषिकेश की ये बात बेहद ख़ूबसूरत है कि रात होते ही गंगा किनारे जगमागा रही हर रौशनी को नदी से मिलता प्रतिबिम्ब दुगना कर देता है, ये एक अलग प्रकार की सकारात्मक उर्जा का संचार करता है, और आप इसे देख कर बहुत अच्छा महसूस करते हैं।

शहर से कुछ दूर गंगा नदी के साथ साथ ऊपर पहाड़ की तरफ़ चलते रहेंगे तो शिवपुरी से पहले कुछ योग आश्रम नज़र आते हैं। यहाँ देश विदेश से लोग योग सीखने आते हैं। विक्रम और दिया भी यहाँ 2004 में योग सीखने आए थे।

अक्टूबर का महीना, सौंधी ठंडी हवाएँ, हरे भरे जंगल के बीच एक योग आश्रम। जब ये नज़ारा पढ़ने में इस क़दर सुंदर प्रतीत होता है, तो ज़रा सोचिये सामने देखने पर कैसा प्रतीत होता होगा। योग का कोर्स सिर्फ़ तीन महीने का था और सभी योग सीख कर अपने अपने देश जाकर इसका विस्तार करना चाहते थे।

विक्रम दिल्ली का रहने वाला था तो दिया जर्मनी की। दोनों के मूल विचारों और सिद्धांतों में बहुत फ़र्क़ था, पर जहाँ प्रेम पनपना हो वहाँ वो सारी बेड़ियों के पार भी पनप ही जाता है। वैसे तो इस कोर्स में 120 बच्चे थे, पर विक्रम और दिया अक्सर सबसे अलग, बिना एक दूसरे की भाषा जाने भी, साथ वक़्त बिताते नज़र आते। योग में दोनों निपुण थे और दोनों को योग और पर्यावरण से गेहरा प्रेम भी था।

एक दिन आश्रम के लॉन में, गंगा किनारे घास पर, विक्रम बिना चप्पल पहने, सुबह 5 बजे यूँ ही चलने लगा, दिया हैरान होकर उसे देखने लगी, तो विक्रम ने मुस्कराकर उसे समझाया कि माँ कहती हैं ओस पड़ी घास में चलने से आखें तेज़ होती हैं। उस दिन के बाद से वो दोनों सुबह उठते ही साथ ओस पर चलते और बातें किया करते। दिया ने बताया कि उसके पिता जर्मनी में एक प्रसिद्ध व्यापारी हैं, उन्होंने जीवन में पैसा और ऐशो आराम बहुत कमाया, बस सेहत नहीं कमा पाए।

अक्सर बीमार रहते हैं, इसलिए दिया को एहसास हुआ कि उसे अपने शरीर को ही मंदिर मानते हुए उसे जीवन में प्राथमिकता देनी है, और इसीलिए वो योग सीखने ऋषिकेश तक आ पहुँची है। विक्रम को दिया मानवीय रूप से पसंद आने लगी। वो अक्सर ऋषिकेश के जंगलो में गंगा किनारे टहलते हुए उससे जर्मनी के बारे में पूछा करता।

एक दिन दिया ने टहलते-टहलते उसे बताया कि जर्मनी में कोई क़ैदी यदि जेल से भागने की कोशिश करे तो वो लोग उसे कोई सज़ा नहीं देते। बल्कि सिर्फ़ वापस उसी जेल में सज़ा पूरी करने के लिए ले आते हैं और वहीं छोड़ देते हैं। इसपर विक्रम बहुत हैरान हुआ कि भला जर्मन कानून ऐसा क्यों है? कुछ देर विक्रम के सोचते रहने पर दिया ने जवाब दिया, ''जर्मन संविधान ये मानता है कि स्वतंत्र होना तो हर मनुष्य का ख़्वाब है, इसके लिए क़ैदी को सज़ा क्यों देनी? इसलिए पुलिस सिर्फ़ उसे पकड़ के वापिस ले आती है ताकि वो अपनी बची हुई सज़ा पूरी कर सके। विक्रम और दिया इस बात के पूरे हो जाने के बहुत देर तक ख़ामोश रहे और जंगल में टहलते रहे।

ठंडी हवा, ऋषिकेश का वातावरण, और दो लोगों की दिन रात चलती बातों में कब कोर्स ख़तम होने को आ गया कुछ पता ही नहीं चला। देखते देखते सर्द दिसंबर आ गया। विक्रम ने दिया को दूध वाली चाय की भी लत्त लगा दी, और एक दिन हँसते हुए कहा, ''चलिए अब आप जर्मनी सिर्फ़ योग नहीं, बल्की भारत की दूध वाली चाय भी लेकर जाएँगी साथ!''

योग शिक्षा ख़त्म हुई तो नए साल की शाम थी! पूरा ऋषिकेश जश्न मना रहा था, तो नदी किनारे एक बोन-फ़ायर पार्टी का हिस्सा विक्रम और दिया भी बन गए। दोनों एक दूसरे को घंटों निहारते रहे, पर कुछ ना बोले,

दोनों में बड़ा अजीब सा रिश्ता था, जो शारीरिक आकर्षण नहीं था, न ही दोनों के बीच कुछ ऐसा हुआ जिसे बयान किया जा सके, दोनों की भावना एक दूसरे को लेकर साफ़ थी और फिर भी दोनों एक दूसरे की तरफ़ बेहद आकर्षित थे।

उसी रात वापस आते हुए, दिसंबर की सर्दी में गंगा का तट और जंगल पार करना कठिन था। ऐसा लग रहा था जैसे बर्फ़ पिघल रही हो पास कहीं। दिया ने विक्रम को ठिठुरता देख अपनी शॉल में ही समेट लिया, और दोनों जंगल पार कर आश्रम तक आ गए।

अगले दिन दिया वापस जर्मनी के लिए निकली और विक्रम दिल्ली के लिए। दिल्ली तक दोनों साथ ही गए। दिया ने विक्रम का हाथ पकड़ा, उसे मीठी यादों के लिए शुक्रिया कहा, और विक्रम ने उसका माथा चूम अपना ध्यान रखने को कहा।

उस दिन के बाद कई साल बीत चुके हैं, दिया और विक्रम कभी मिले नहीं।

ना कोई ख़त, ना ख़बर, ना सोशल मीडिया पे कहीं कोई निशान।

विक्रम बस यही सोचता रहा कि काश उस जंगल में उस बरफ़ीली रात, सफ़र थोड़ा और लंबा होता तो क्या बात होती। सर्दी में किसी के साथ होने से ताप मिले, वैसा विक्रम ने फिर कभी महसूस नहीं किया। पर ऋषिकेश नाम सुनके, गंगा का ज़िक्र होते, हरे भरे जंगलों और ठंडी हवा की बात होते ही, उसे हवा की तरह दिया छू के ज़रूर जाती है आज भी।

कई बार प्रेम का समय कम होता है और समृतियाँ अधिक और अमिट होती हैं!

प्रेम समय से परे है! वो यादों में, स्मृतियों में क़ैद है, मुकम्मल हो या न हो! प्रेम को इससे फ़र्क़ नहीं पड़ता।